세 마리 토끼 잡는

초등 독해력

B2

초등 2-2

NE 능률

이 책을 쓴 분들_

강영주(지에밥 창작연구소 대표, 작가, 〈세 마리 토끼 잡는 독서 논술〉 대표 필자)
김경선(작가, 〈세 마리 토끼 잡는 독서 논술〉 집필)
한화주(작가, 〈세 마리 토끼 잡는 독서 논술〉 집필)
한현주(작가, 〈세 마리 토끼 잡는 독서 논술〉 집필)
이현정(작가, 〈세 마리 토끼 잡는 독서 논술〉 집필)

이 책을 만든 분들_

박지영(작가, 기획 편집자), 채현애(기획 편집자), 박정의(기획 편집자),
권정희(기획 편집자), 지은혜(기획 편집자), 강영주(작가, 기획 편집자)

세 마리 토끼 잡는 초등 독해력 B단계 2권

개정판 3쇄: 2021년 11월 15일

총괄 김진홍 | **기획 및 편집** 지에밥 창작연구소 | **연구원** 이보영, 이자원, 박수희 | **펴낸이** 주민홍 | **펴낸곳** ㈜NE능률 | **디자인** 장현순, 윤혜민 | **그림** 우지현, 김잔디, 안지선, 김정진, 윤유리, 이덕진, 이창섭, 고수경, 장여회, 김규준, 김석류 | **영업** 한기영, 이경구, 박인규, 정철교, 김남준, 김남형, 이우현 | **마케팅** 박혜선, 고유진, 김여진 | **주소** 서울특별시 마포구 월드컵북로 396(상암동) 누리꿈스퀘어 비즈니스타워 10층 (우편번호 03925) | **전화** (02)2014-7114 | **팩스** (02)3142-0356 | **홈페이지** www.nebooks.co.kr | **ISBN** 979-11-253-3611-2 | 979-11-253-3615-0 (set)

제조년월 2021년 11월 제조사명 ㈜NE능률 제조국 대한민국 사용연령 9~10세(초등 2학년 수준)

독해 실력을 키워서 공부 능력자가 되어 보세요!

요즘 우리 아이들, 공부할 것이 참 많습니다. 국어, 영어, 수학, 과학, 사회, 예체능 어느 것 하나 소홀히 할 수 없지요. 그런데 **이런 교과 공부를 할 때 가장 기본이 되는 것은 설명하는 내용이 무엇인지 아는 것입니다.**

특히 학교 공부를 처음 시작하는 초등학생에게 글을 읽고 이해하는 일은 무엇보다 중요합니다. 즉, **독해는 도구 과목인 국어를 포함한 모든 과목에서 공부의 시작이자 끝이라고 할 수 있지요.** 초등학교 때 독해를 소홀히 하다 보면 중·고등학교에 가서 교과서를 읽으면서도 그 내용을 이해하지 못하는 일이 생기기도 합니다.

그런데 **독해력은 열심히 책만 읽는다고 해서 단기간에 키워지는 것이 아닙니다.** 꾸준히 글을 읽고 이해하는 연습을 지속적으로 해야 비로소 실력이 생겨나는 것이지요. 그러므로 독해 연습은 단계적이고 체계적으로 하는 것이 중요합니다.

〈세 마리 토끼 잡는 초등 독해력〉은 이 중요한 독해의 방법을 제시하기 위해 기획된 시리즈입니다. 이 시리즈의 구성 원리는 다음과 같습니다.

1. 초등학생이 교과를 이해하는 데 필요한 독해의 전 과정을 담는다

교과의 기본이 되는 글의 내용을 쉽게 이해하는 **사실 독해**로 시작하여 글 속에 숨은 뜻을 짐작하고 비판하는 **추론 독해**, 읽은 것을 발전시켜서 창의적으로 문제를 해결하는 **문제해결 독해**로 이어지는 독해의 전 과정을 체계적으로 담았습니다.

2. 다양한 독해 활동을 통해 독해를 쉽고 재미있게 학습하도록 구성한다

독해의 원리에 흥미롭게 다가갈 수 있도록 **주제 활동, 유형 연습, 실전 학습** 등을 다양하게 단계적으로 구성하였습니다. 이때 글과 쉽게 친해질 수 있도록 동화, 역사, 사회, 과학, 예술 분야의 전문 필진과 초등 교육 과정 전문 선생님들이 함께 노력을 기울였습니다. 이 밖에도 독해의 배경지식이 되는 어휘, 속담, 문법, 독서 방법 등의 읽을거리를 충분히 실었습니다.

〈세 마리 토끼 잡는 초등 독해력〉을 통해 토끼처럼 귀여운 우리 아이들이 **독해 자신감, 공부 자신감**을 얻어서 최고의 **독해 능력자**가 되기를 기대하며 응원하겠습니다.

세 마리 토끼 잡는 초등 독해력은 어떤 책인가요?

1 독해의 세 가지 원리를 한번에 잡는 책

독해는 글을 읽고 뜻을 이해하는 것입니다. 이때 뜻을 이해한다는 것은 글에 드러난 정보나 주제뿐 아니라 숨어 있는 글쓴이의 의도나 생략된 내용을 짐작하고 읽는 사람의 생각과 느낌을 고려한 표현까지 이해하는 것입니다. 〈세 마리 토끼 잡는 초등 독해력〉은 사실 독해, 추론 독해, 문제해결 독해로 이어지는 독해의 원리를 단계적으로 키워서 독해 능력을 한번에 완성하도록 도와줍니다.

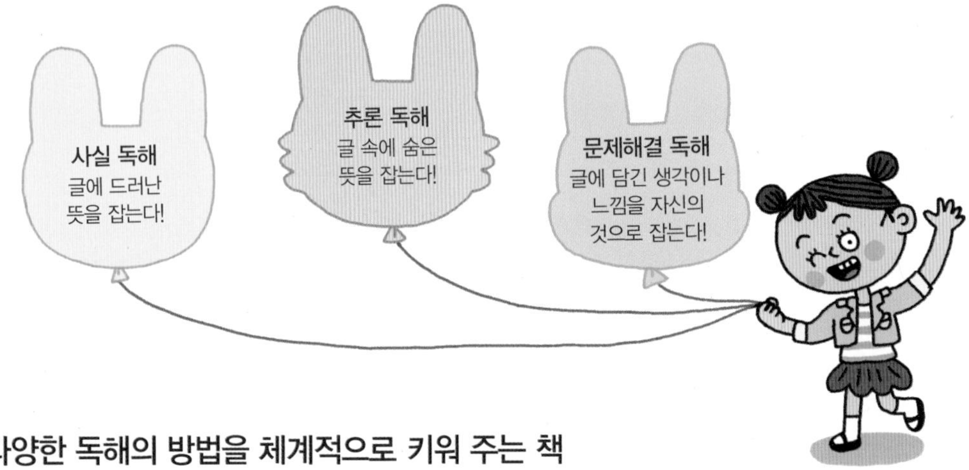

2 다양한 독해의 방법을 체계적으로 키워 주는 책

설명문, 논설문과 같은 글을 읽을 때와 시, 소설을 읽을 때는 글의 내용을 이해하는 방법이 조금 다릅니다. 비문학적인 글을 읽을 때에는 글에 나타난 정보나 사실을 이해하여 주제나 중심 생각을 파악해야 합니다. 그리고 문학적인 글을 읽을 때에는 주제뿐 아니라 글 속에 숨은 의미와 분위기, 표현 방법을 살펴서 글쓴이의 의도를 미루어 짐작하고 그에 대한 나의 생각이나 느낌도 표현할 수 있어야 합니다. 〈세 마리 토끼 잡는 초등 독해력〉은 독해 개념부터 유형 연습, 실전 문제에 이르기까지 독해의 다양한 방법을 체계적으로 키워 줍니다.

3 다양한 교과 관련 배경지식을 키워 주는 책

글을 읽을 때는 낱말이나 문장을 과목에 따라 다르게 해석해야 하는 경우가 있습니다. 국어 과목에서는 동요의 노랫말처럼 '달'을 보고 '토끼가 떡방아를 찧는 것 같다'고 표현하는가 하면 과학 과목에서는 '아무도 살지 않는 지구 주위를 돌고 있는 위성' 혹은 '지구와 가장 가까운 천체'로 보기도 합니다. 〈세 마리 토끼 잡는 초등 독해력〉은 과목에 따라 다른 의미로 해석되는 다양한 영역의 글을 수록하여 도구 과목인 국어 과목뿐 아니라 사회, 과학, 예체능 등 다양한 교과 공부에 도움을 주는 배경지식을 키울 수 있습니다.

4 다원적 사고 능력을 열어 주는 책

독해력은 글의 내용을 이해·감상하고 자신의 관점으로 비판하며 창의적으로 표현하는 능력을 갖추는 고차원의 사고 능력입니다. 특히 서술형과 같은 문제 유형으로 자신의 생각을 창의적으로 표현해야 하는 경우에는 이와 같은 능력이 더욱 요구됩니다. 〈세 마리 토끼 잡는 초등 독해력〉은 독해력을 구성하는 이해력, 구조 파악 능력, 어휘력, 추리·상상적 사고 능력, 비판적 사고 능력, 문제 해결 능력 등 다원적 사고 능력을 골고루 계발하여 어떠한 문제 상황도 너끈히 해결할 수 있도록 도와줍니다.

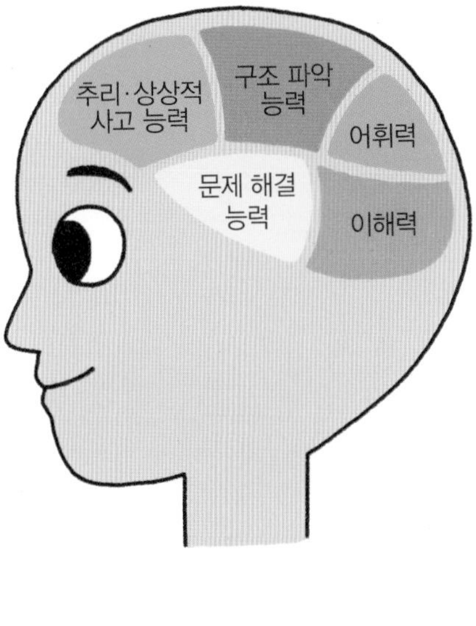

세 마리 토끼 잡는 초등 독해력은 어떻게 이루어져 있나요?

1 전체 구성

〈세 마리 토끼 잡는 초등 독해력〉은 학년과 학기의 난이도에 따라 6단계 12권으로 이루어져 있습니다. 이 책은 각 학년과 학기의 학습 목표에 맞는 독해 주제를 단계적으로 구성하였으므로, 그에 맞게 선택해서 공부할 수 있습니다. 하지만 학습자의 독해 능력에 맞게 단계를 조정하여 선택하면 더욱 효과적입니다.

단계	A단계		B단계		C단계		D단계		E단계		F단계	
권 수	2권		2권		2권		2권		2권		2권	
단계 이름	A1	A2	B1	B2	C1	C2	D1	D2	E1	E2	F1	F2
학년-학기	1-1	1-2	2-1	2-2	3-1	3-2	4-1	4-2	5-1	5-2	6-1	6-2
학습일	각 권 20일											
1일 분량	매일 6쪽											

2 권 구성

〈세 마리 토끼 잡는 초등 독해력〉 한 권은 학습 내용에 따라 PART1, PART2, PART3으로 나누어져 있습니다. 학년별 난이도에 따라 각 PART의 분량이 다릅니다.

PART1 사실 독해 (1~2주 분량)

독해에서 가장 기본이 되는 부분으로, 글에 나타난 정보나 사실을 확인하는 내용을 주로 담고 있습니다. 이 부분에서는 글에서 정보를 찾아보고, 이를 바탕으로 중심 내용과 주제, 글의 구조와 전개 방식을 파악하며 읽는 방법을 배웁니다. 이 부분은 독해를 처음 접하는 저학년일수록 분량이 많고, 고학년으로 갈수록 분량이 줄어듭니다.

단계별 구성(저학년은 분량이 많고, 고학년은 분량이 적습니다. A~C단계: 2주분 / D~F단계: 1주분)

A단계	B단계	C단계	D단계	E단계	F단계

글자, 낱말, 문장 알기	마음을 나타내는 말 알기	설명하는 글을 읽은 경험 찾기	생각이나 느낌이 다른 까닭 알기	기행문의 특성 알기	인물, 사건, 배경의 관계 알기

PART 2 추론 독해 (1~2주 분량)

독해 능력이 발전하는 부분으로, 글에 드러난 것을 파악하는 것을 뛰어넘어 글에 숨겨진 뜻을 짐작하고 비판하는 내용을 담았습니다. 이 부분에서는 글에 나타난 정보를 짐작해 보고 생략된 내용이나 숨겨진 주제, 글을 쓴 목적을 찾아보며 글을 읽는 방법을 익힙니다. 그리고 글에 드러난 관점이나 글쓴이의 주장과 근거, 표현 방법 등을 비판하며 읽는 방법도 배웁니다. 이 부분은 저학년일수록 분량이 적고, 고학년으로 갈수록 분량이 늘어납니다.

단계별 구성(저학년은 분량이 적고 고학년은 분량이 많습니다. A~C단계: 1주분/ D~F단계: 2주분)

A단계	B단계	C단계	D단계	E단계	F단계
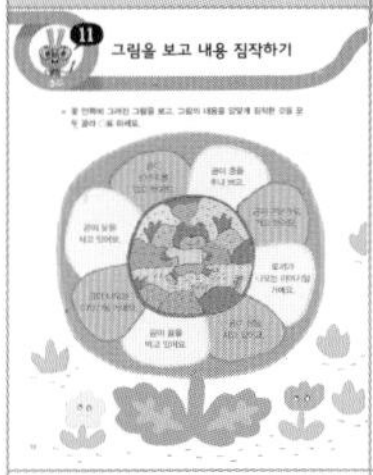	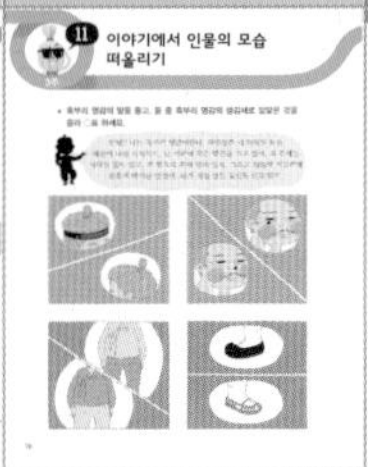	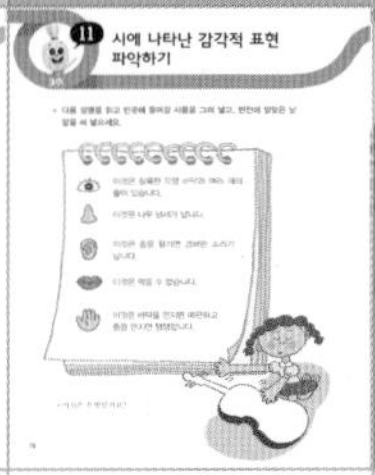	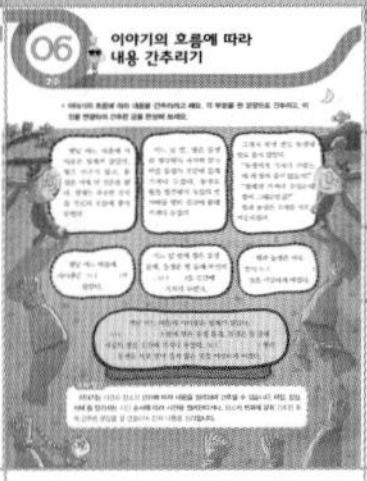		
그림을 보고 내용 짐작하기	이야기에서 인물의 모습 떠올리기	시에 나타난 감각적 표현 파악하기	이야기의 흐름에 따라 내용 간추리기	글의 구조를 생각하며 요약하기	이야기의 구조 이해하기

PART 3 문제해결 독해 (1주 분량)

글의 내용을 자신의 상황에 창의적으로 적용하는 고차원적 독해 능력을 키우는 부분입니다. 이 부분에서는 글에서 감동적인 부분을 찾아 글쓴이의 마음에 공감하고, 글을 읽고 난 감동을 표현하며 읽습니다. 글에 나타난 다양한 문제 상황과 해결 방법을 나의 생활에 적용하며 창의적으로 읽는 방법을 배웁니다.

단계별 구성(저학년과 고학년 같은 분량입니다. A~F단계: 1주분)

A단계	B단계	C단계	D단계	E단계	F단계
			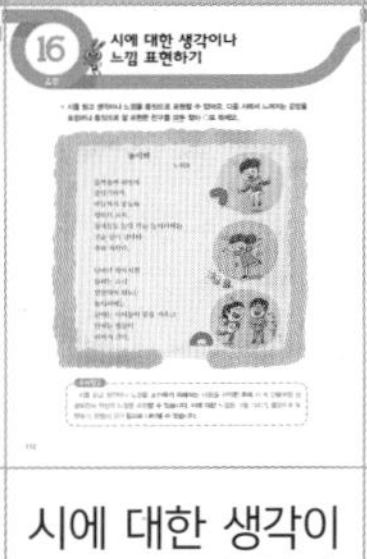		
이야기를 읽고 느낌 표현하기	시 속 인물의 마음 상상하기	원인과 결과를 생각하며 이야기 꾸미기	시에 대한 생각이나 느낌 표현하기	글을 읽고 문제 상황에 알맞은 의견 마련하기	인물이 추구하는 가치와 자신의 삶 관련짓기

세 마리 토끼 잡는 초등 독해력 1일 학습은 어떻게 짜여 있나요?

개념 활동 재미있게 활동하며 독해의 원리를 익힙니다 (2쪽)

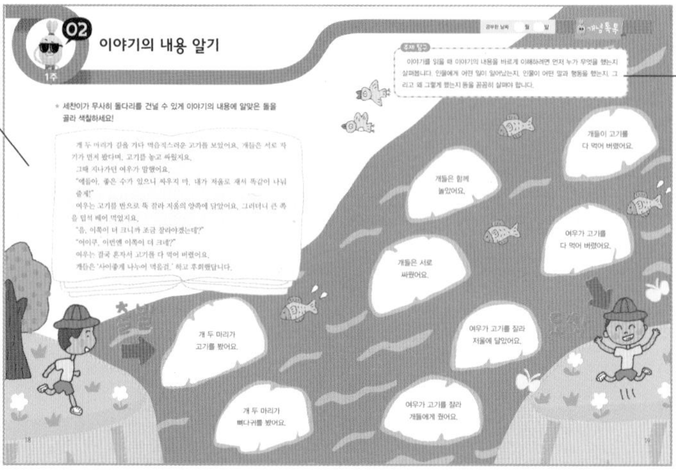

개념 활동

매일 익힐 독해의 개념을 재미있는 활동과 간단한 문제로 알아볼 수 있습니다. 퀴즈, 미로 찾기, 색칠하기, 사다리 타기, 만들기 등 다양하고 재미있는 활동을 통해 독해의 원리를 입체적으로 배울 수 있습니다.

주제 탐구

개념 활동을 하며 살펴본 독해의 원리로 학습 주제를 살펴볼 수 있습니다. 이곳에서 앞으로 공부할 주제를 한눈에 확인할 수 있습니다.

독해력 활짝 짧은 글로 유형을 연습하며 독해력을 넓힙니다 (2쪽)

유형 설명

주제와 관련된 여러 유형을 나누어 핵심 평가 요소를 확인합니다.

유형 문제 연습

다양한 유형을 익힐 수 있는 독해 문제가 제시되어 있습니다.

관련 교과명

지문과 관련된 교과명이 표시되어 있습니다.

짧은 글 독해

유형과 관련 있는 짧은 글을 읽으며 문제의 출제 의도를 파악합니다.

독해력 쑥쑥 긴 글로 실전 문제를 풀며 독해력을 키웁니다 (2쪽)

글의 개관

글의 종류, 특징, 중심 내용, 낱말 풀이 등으로 글에 대한 이해를 돕습니다.

긴 글 독해

시, 동화, 소설, 편지, 일기, 설명문, 논설문 등 다양한 갈래의 글이 수록되어 있습니다.

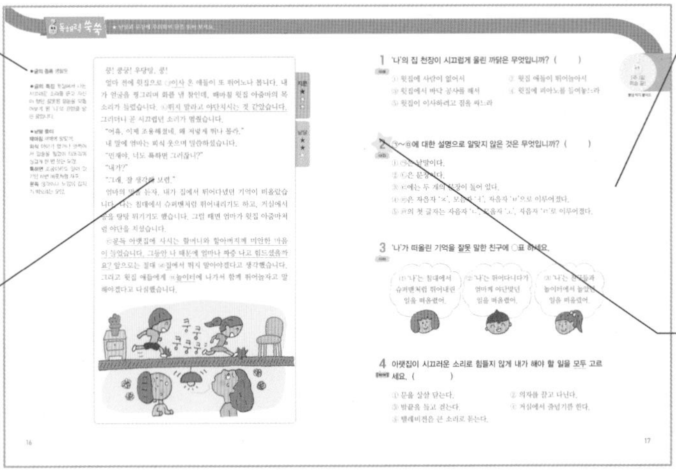

실전 문제

이해, 구조, 어휘, 추론, 비판, 문제해결 등과 관련된 다양한 실전 문제가 수록되어 있습니다.

핵심 문제

해당 주제의 핵심 문제는 노란색 별로 표시되어 있습니다.

독해 플러스 독해력을 돕는 배경지식을 알아봅니다

한 주 동안의 학습을 마무리하면서 독해와 관련된 배경지식을 살펴봅니다. 어휘, 속담, 고사성어, 문법, 독서의 방법 등 독해에 꼭 필요한 내용을 재미있는 만화를 통해 익히고, 간단한 문제로 확인해 봅니다.

세 마리 토끼 잡는 초등 독해력 이렇게 공부해요

1 매일매일 꾸준히 공부해요

〈세 마리 토끼 잡는 초등 독해력〉은 매일 6쪽씩 꾸준히 공부하는 책이에요. 재미있는 개념 활동으로 시작해서 학교 시험에 도움되는 실전 문제에 이르기까지 지루하지 않게 공부할 수 있지요. 공부가 끝나면 '○주 ○일 학습 끝!' 붙임 딱지를 붙여 보세요.

2 지문에 실린 책이나 교과서를 찾아 읽어 보아요

하루 공부를 마치고 나면, 본문 지문에 나온 책이나 교과서를 찾아 읽어 보세요. 본문에는 책의 전권을 싣기 힘들기 때문에 가장 대표적인 부분을 발췌했기 때문이지요. 본문을 읽다 보면 뒷이야기가 궁금해지거나 교과 내용이 궁금해져서 자연스럽게 찾아 읽게 될 거예요. 이 과정을 거듭하다 보면 독해 능력자가 될 수 있답니다.

3 지문에 실린 모르는 내용을 사전이나 인터넷을 찾아 읽어 보아요

독해 지문이 술술 읽히지 않는다면 낱말이나 문장을 이해하지 못하는 것입니다. 모르는 낱말이나 어구, 관용 표현 등을 국어사전으로 찾아보고, 비슷한말로 바꾸어 보며 내용을 온전히 자신의 것으로 만들어 보세요. 그리고 더 알고 싶은 것은 책이나 인터넷 백과사전을 검색하며 깊이 있게 공부해 보세요.

한 주 학습표

월	화	수	목	금	토
매일 6쪽씩 학습하고, '○주 ○일 학습 끝!' 붙임 딱지 붙이기					주요 내용 복습하기

세 마리 토끼 잡는

초등 독해력

B2
초등 2-2

주	일차	유형	독해 주제	교과 연계 내용
1주	1	PART1 (사실 독해)	글에서 인상 깊었던 일 확인하기	[국어 2-2] 인상 깊은 일이 무엇인지 알기
	2		겪은 일로 쓴 글 읽기	[국어 2-2] 글감 고르는 방법 알기
	3		인물의 표정이나 행동 찾기	[국어 2-2] 재미있는 말 찾기
	4		시나 노래에서 겪은 일 찾기	[국어 2-2] 경험한 일을 떠올리며 시 읽기
	5		인물을 소개할 때 들어갈 내용 알기	[국어 2-2] 소개하는 글을 쓰는 방법 알기 [과학 3-1] 과학자처럼 탐구하기
2주	6		이야기의 차례대로 정리하기	[국어 2-2] 일이 일어난 차례대로 말하기
	7		인물의 마음 짐작하기	[국어 2-2] 인물의 마음을 짐작하는 방법 알기
	8		일이 일어난 차례에 맞게 정리하기	[국어 2-2] 일이 일어난 차례를 생각하며 이야기 읽기
	9		글에서 주요 내용 찾는 방법 알기	[도덕 3학년] 최선을 다하는 마음 기르기
	10		글을 읽고 주요 내용 찾기	[통합교과 가을 1] 이웃의 모습과 생활 살펴보기
3주	11	PART2 (추론 독해)	시를 읽고 시의 장면 떠올리기	[국어 2-2] 장면을 떠올리며 시 읽기
	12		이야기의 장면 떠올리기	[국어 2-2] 장면을 떠올리며 이야기 읽기
	13		설명하는 글에 대해 알기	[사회 3-1] 우리 고장의 문화유산 알기
	14		인물의 마음 변화 파악하기	[국어 2-2] 인물의 마음을 짐작하며 글 읽기
	15		주장하는 글에 대해 알기	[도덕 3학년] 공공장소에서 해야 할 일 알기
4주	16	PART3 (문제해결 독해)	이야기를 읽고 비슷한 자신의 경험 떠올리기	[국어 2-2] 이야기를 읽고 생각이나 느낌 말하기
	17		겪은 일을 시로 표현하기	[국어 2-2] 시의 일부분 바꾸어 쓰기, 시나 노래로 표현한 작품 발표하기
	18		자신의 해결 방법과 까닭 정리하기	[국어 2-2] 까닭을 들어 글로 써서 발표하기 [통합교과 봄 2] 몸과 마음을 건강하게 유지하기
	19		책 속 인물 소개하기	[국어 2-2] 사람을 소개하는 글을 쓰는 방법 알기
	20		광고에 대한 자신의 생각 정리하기	[통합교과 가을 1] 이웃 간에 지켜야 할 예절 알기

PART 1

사실 독해

글에 드러난 정보를 찾아보고 이를 바탕으로 중심 내용과 주제,
글의 구조와 전개 방식 등을 파악하며 읽는 방법을 배워요.

contents

1주

01 글에서 인상 깊었던 일 확인하기

★ 이 그림을 보고 빈칸에 공통으로 들어갈 동물의 이름을 쓰세요.

★ **친구들이 코뿔소에 대해 이야기한 내용을 보고, 코뿔소의 몸에서 인상 깊게 본 부분을 그림에서 찾아 ○표 하세요.**

코뿔소는 뿔이 아주
인상적인 동물이야.
뿔은 피부가 딱딱하게 변해서
만들어졌다니 정말 신기해.

걸어가는 코뿔소 좀 봐.
다리가 정말 짧고 단단해
보이지 않아? 발가락이 모두
세 개씩인 것도 볼 수 있어.

코뿔소는 코끼리
다음으로 몸집이 크대.
그래서 엉덩이도 정말 크지.
큰 엉덩이 때문에 꼬리는
귀엽게 느껴질 정도야.

주제 탐구

인상 깊은 일은 자신이 겪은 일 중에서 가장 기억에 남는 일입니다. 인상 깊은 일을 쓴 글을 읽을 때에는 글쓴이가 어떤 일을 겪었는지, 글쓴이가 왜 그 일을 인상 깊게 느꼈는지 생각해 봅니다. 그리고 그때 글쓴이가 어떤 생각과 느낌을 떠올렸는지 찾으면서 읽습니다.

유형 1 겪은 일 확인하기

글에서 인물이 직접 보고, 듣고, 체험한 것, 즉, 겪은 일이 무엇인지 확인하는 문제입니다.

1 이 글에서 인물이 겪은 일은 무엇입니까? (　　　)

국어

오늘 드디어 나도 강아지랑 산책을 했어요. 친구네 집에 놀러 갔는데 귀여운 강아지를 키우고 있었어요. 강아지의 이름은 '봉구'예요. 친구와 나는 함께 봉구를 산책시켰어요. 봉구는 사람 말을 잘 따랐어요. 내가 뛰자고 하면 같이 뛰었어요. 강아지랑 산책하는 것이 정말 즐거웠어요.

① 강아지에게 먹이를 준 일
② 친구네 집에서 잠을 잔 일
③ 친구네 집에 심부름을 간 일
④ 친구랑 강아지를 산책시킨 일
⑤ 아버지와 강아지를 산책시킨 일

유형 2 겪은 일에서 인상 깊었던 일 찾기

글을 읽고 인물이 겪은 일 중에서 가장 인상 깊었던 일을 찾는 문제입니다.

2 글쓴이가 겪은 일 중 가장 인상 깊게 느낀 일에 ○표 하세요.

바슬즐

엄마랑 나는 지하철역에서 이모를 기다렸어요. 오늘이 할아버지 생신이라서 이모랑 함께 할아버지 댁에 가기 위해서예요. 이모가 우리를 보고 서둘러 걸어왔어요. 나는 이모 쪽으로 먼저 달려갔어요. 이모가 임신을 해서 걷는 일이 불편하기 때문이에요.

잠시 후, 우리가 탈 지하철이 왔어요. 지하철 안에는 사람이 많았어요. 임신한 이모가 힘들지 않을까 걱정이 되었어요. 그때 한 아주머니께서 이모에게 자리를 양보해 주셨어요. 임신부도 노인, 어린이, 장애인처럼 몸이 불편한 사람이기 때문이에요. 나는 그 아주머니께 고마운 마음이 들었어요. 나도 다음에 몸이 힘든 사람을 꼭 도와줄 거예요.

(1) 엄마, 이모와 지하철을 탔다. (　　　)
(2) 지하철역에서 이모를 만났다. (　　　)
(3) 한 아주머니께서 이모에게 자리를 양보해 주셨다. (　　　)

3 인상 깊었던 일에 대한 생각이나 느낌이 드러난 부분을 알맞게 말한 것에 ○표 하세요.

국어

20○○년 7월 25일 수요일	날씨: 해님이 방긋 웃는 날

드디어 방학식을 했다.

선생님께서는 '내일부터 방학이니까 집에서 즐겁게 보내요.' 라고 말씀하셨다. 나는 정말 신이 났다.

방학식 날에 상장도 받았다. 많은 아이들이 상장을 받았는데, 나는 '일기상'을 받았다. 일기를 꾸준히 써서 받은 상이다.

그런데 내 짝은 '일기상', '다독상', '우정상' 이렇게 세 개나 받았다. 짝꿍이 책을 읽을 때 나도 같이 읽을걸 그랬다. '우정상'을 못 받은 것은 좀 아쉬웠다. 나는 반 친구들 모두와 친한데 왜 선생님께서는 나한테 '우정상'을 주지 않으셨을까? 다음 방학식에는 나도 짝꿍처럼 상을 많이 받았으면 좋겠다.

(1) 선생님께서 방학을 즐겁게 보내라고 말씀하신 부분이야.

(2) 나도 짝꿍처럼 상을 많이 받았으면 좋겠다고 한 부분이야.

(3) 짝꿍이 '일기상', '다독상', '우정상'을 받았다고 한 부분이야.

유형 3 **인상 깊었던 일에 대한 생각이나 느낌 찾기**

글쓴이가 인상 깊었던 일에 대해 어떤 생각과 느낌을 나타냈는지 파악하는 문제입니다.

●**글의 종류** 생활문

●**글의 특징** 이 글은 내가 엄마와 구구단을 공부했던 일을 글감으로 실감나게 쓴 글입니다. 글쓴이가 엄마와 구구단을 공부하면서 어떤 생각이나 느낌이 들었는지 파악하며 읽습니다.

●**낱말 풀이**
마라톤 육상 경기 종목 중 하나로, 42.195km의 긴 거리를 달리는 경주.

나는 요즘 매일 엄마와 구구단 외우기를 합니다.

구구단에서 제일 쉬운 건 2단하고 5단입니다. 나는 2단과 5단은 금방 외웠습니다. 하지만 나머지 단은 매번 헷갈려서 자꾸 연습을 해야 했습니다.

"자, 3단 한번 외워 보자!"

엄마는 나와 함께 노래를 하듯이 3단을 함께 외우셨습니다.

"삼일은 삼, 삼이 육, 삼삼은 구."

엄마와 같이 외울 때에는 구구단이 어렵지 않게 술술 나왔습니다. 심지어 노래를 부르는 기분이 들 정도로 즐거웠습니다. 하지만 문제는 그 다음부터입니다.

"자, 이젠 너 혼자 외워 봐!"

엄마는 꼭 선생님처럼 앞에 서서 구구단을 외우라고 하셨습니다. 그때부터 내 가슴은 콩콩 뛰니다.

마라톤을 하듯 2단부터 시작해서 3단을 외우고, 4단, 5단을 외웠습니다. 절반을 외우고 나면 조금씩 지칩니다. 솔직히 6단부터는 조금 어렵습니다. 나는 조금 더듬기도 하고, 모르는 것은 엄마의 도움을 받아 9단까지 겨우 외웠습니다.

엄마는 9단에서 숫자를 가리키시며 재미있는 것을 알려 주셨습니다.

"9×2=18인데 이렇게 결과로 나온 숫자 1과 8을 더하면 9지. 9×3=27인데 이때 2와 7을 더해도 9야. 9단의 숫자는 모두 이렇게 더하면 9가 된단다."

"우아, 정말 신기해요!"

지문 ★☆☆

낱말 ★☆☆

붙임 딱지 붙여요.

1 이 글에서 글감으로 쓴 인상 깊은 일은 무엇입니까? (　　　)

이해

① 엄마와 일기를 쓴 일　　② 엄마께 여름 노래를 배운 일
③ 학교에서 수학 시험을 본 일　　④ 엄마와 함께 구구단을 외운 일
⑤ 구구단을 외우지 못해 엄마께 혼난 일

2 〈문제 1번〉의 답에 대한 생각이나 느낌으로 알맞지 <u>않은</u> 것은 무엇입니까? (　　　)

이해

① 무섭다.　　② 즐겁다.　　③ 긴장된다.
④ 신기하다.　　⑤ 좀 어렵다.

3 이 글에서 알 수 있는 구구단 9단의 특징은 무엇입니까? (　　　)

이해

① 숫자 5로 끝난다.
② 숫자 0이 반복된다.
③ 곱하는 수를 더하면 9가 된다.
④ 결과로 나온 수가 모두 홀수이다.
⑤ 결과로 나온 두 수를 더하면 모두 9이다.

4 글쓴이와 비슷한 경험을 말한 친구에 ○표 하세요.

문제해결

1주

02 겪은 일로 쓴 글 읽기

★ 주사위를 던져 나온 숫자만큼 칸을 이동할 수 있어요. 주사위를 세 번 던져 차례대로 찾아 간 가게에서 볼 수 있는 것을 빈칸에 쓰세요.

주제 탐구

겪은 일을 쓴 글을 읽을 때에는 글쓴이가 언제, 어디서, 누구와, 무슨 일을 겪었는지 자세히 살펴보며 읽습니다. 글쓴이가 겪은 일을 일이 일어난 차례대로 정리하면서 읽으면 글을 더 쉽게 이해할 수 있습니다. 또한 겪은 일에 대한 글쓴이의 생각이나 느낌을 찾고 비슷한 경험을 떠올려 글을 이해할 수도 있습니다.

자전거 가게

생선 가게

- 첫 번째로 간 가게는 (   )(이)야.
  난 거기서 (   )을/를 보았어.
- 두 번째로 간 가게는 (   )(이)야.
  난 거기서 (   )을/를 보았어.
- 세 번째로 간 가게는 (   )(이)야.
  난 거기서 (   )을/를 보았어.

문방구

세탁소

신발 가게

유형 1 겪은 일에서 글감 찾기

겪은 일 중 가장 인상 깊은 일, 기억에 남는 일이 글감이 됩니다. 글에서 글감을 찾는 문제입니다.

1 글쓴이가 겪은 일 중 가장 인상 깊은 일이 무엇인지 빈칸에 알맞게 쓰세요.

국어

연희에게 가장 기억에 남는 시골집 풍경은 마당 한쪽에 놓여 있던 공깃돌이었어요. 문방구에서 산 플라스틱 공기만 가지고 놀다가 작은 돌멩이로 공기를 한다는 게 참 신기했어요. 게다가 돌멩이 공깃돌은 다섯 개가 아니라 셀 수 없이 많았어요. 연희는 그 공기를 가지고 흙바닥에서 공기놀이를 했어요. 한 주먹씩 집어서 하는 공기놀이가 마냥 재미있었어요.

• 시골집에서 [ ][ ][ ][ ] 을/를 한 일

유형 2 글쓴이가 겪은 일에 대한 생각이나 느낌 찾기

글쓴이가 겪은 일을 살펴보며 그때 가졌던 생각이나 느낌을 파악하는 문제입니다.

제자 스승으로부터 가르침을 받거나 받은 사람.

2 다음 중 겪은 일에 대한 생각이나 느낌이 나타난 것의 기호를 쓰세요. (　　　)

바슬즐

'도산서원'은 옛날에 퇴계 이황 선생이 제자들을 가르치던 곳이에요. 오늘날의 학교 같은 곳이지요.

㉠도산서원에서 처음 본 것은 '도산서당'이에요. 퇴계 이황 선생이 제자들을 가르치기 위해 처음 지었던 작은 공간이지요.

㉡두 번째로는 '농운정사'를 보았어요. 농운정사는 공부하는 학생들이 생활하는 곳이에요.

㉢농운정사 다음에는 '광명실'을 보았어요. 광명실은 도산서원의 도서관이에요. ㉣많은 책이 있는 광명실에는 옛날 선비들의 글 읽는 소리가 들리는 것 같았어요. 광명실을 지나 계단을 올라가면 '전교당'이 있어요. 이곳은 넓은 마루가 있어서 많은 학생들이 모여 공부할 수 있었어요.

3 글쓴이가 겪은 일의 차례대로 ㈎~㈑의 기호를 쓰세요.

국어

㈎ 오늘 드디어 '라면 끓이기'에 도전했어요.

부모님이 집에 안 계실 때면 오빠와 함께 라면을 끓여 먹는데, 그동안은 항상 오빠가 라면을 끓여 주었어요. 그때마다 나도 오빠처럼 라면을 끓여 보고 싶었어요. 매번 오빠는 내가 더 크면 할 수 있다고 했는데, 드디어 오늘 라면 끓이는 방법을 알려 주었어요.

㈏ 마지막으로 면을 넣어야 해요. 스프를 넣은 물이 끓어오르면 바로 면을 넣고, 5분 정도 더 끓이면 라면이 완성되어요.

나는 오빠와 라면을 맛있게 나눠 먹었어요. 내가 직접 끓였더니 더 맛이 있었어요.

㈐ 라면을 끓일 때, 가장 어려운 것이 물을 맞추는 거예요. 물을 너무 많이 넣으면 국물이 싱겁고, 너무 조금 넣으면 라면 맛이 짜기 때문이에요.

오빠는 라면 물을 맞출 때 대접을 이용하라고 했어요. 라면이 한 개면 대접에 물을 가득 담아 한 그릇만 넣어야 한대요. 오빠와 내가 먹을 거니까 나는 냄비에 대접으로 물을 두 번 부었어요.

㈑ 그다음 물을 담은 냄비에 라면 스프를 넣었어요. 오빠가 물이 끓을 때 스프를 넣으면 뜨거우니 미리 스프를 넣으라고 했어요. 이건 오빠만의 비법이에요.

㈎ ➡ (　　　　) ➡ (　　　　) ➡ (　　　　)

유형 3 겪은 일의 차례 알기

글쓴이가 겪은 일의 순서를 나타내는 말을 찾으면서 겪은 일의 차례를 파악하는 문제입니다.

대접 위가 넓적하고 높이가 낮은 뚜껑이 없는 그릇으로 국이나 물 따위를 담는 데 쓴다.

비법 공개하지 않고 비밀리에 하는 방법.

●**글의 종류** 편지

●**글의 특징** 이 글은 다른 학교로 전학을 간 민지가 전에 다니던 학교와 친구들, 선생님을 그리워하며 쓴 편지입니다.

●**낱말 풀이**
적응하느라 조건이나 환경이 맞추어 알맞게 되느라.
수다쟁이 몹시 말이 많은 사람을 낮잡아 이르는 말.
허전하신 무엇을 잃거나 의지할 곳이 없어진 것같이 서운한 느낌이 있으신.
안부 어떤 사람이 잘 지내고 있는지 그렇지 아니한지에 대한 소식.

지문 ★☆☆
낱말 ★★☆

[　　　　　　]께

선생님, 안녕하세요.

저 민지예요. ㉠선생님, 친구들과 헤어진 지 벌써 한 달이 되었네요.

저는 그동안 전학 온 새 학교에 **적응하느라** 바빴어요. 학교 건물이 낯설어 음악실, 컴퓨터실, 교무실, 보건실 등이 어디 있는지 처음에는 많이 헷갈렸어요.

㉡보건실은 전학 온 첫날 알게 되었어요. 제가 그날 배탈이 났거든요. 아침부터 배가 아프더니 2교시가 끝나고 나서는 보건실에 가야 했어요. 전학 온 첫날이라서 많이 긴장했나 봐요. 아마 처음 초등학교에 입학했을 때에도 이런 마음이었겠지요? 지금은 반 친구들과도 많이 친해져서 즐겁게 다니고 있어요.

㉢선생님께서는 어떻게 지내세요? **수다쟁이**인 제가 교실에 없어서 **허전하신** 건 아니지요? ㉣전 가끔씩 선생님과 친구들의 얼굴이 떠오르면 괜히 슬퍼져요. 친구들과 체육 시간에 했던 피구는 정말 재미있었는데 요즘에도 자주 하는지요? 물고기 먹이를 주러 학교 연못에도 자주 갔었는데 물고기들도 잘 있는지 궁금하네요.

선생님, 그럼 이만 줄일게요.

늘 건강하시고, 우리 2학년 3반 친구들 모두에게 **안부** 전해 주세요.

20○○년 ○○월 ○○일
민지 올림

1 이 글의 빈칸에 들어갈 받는 사람이 누구인지 쓰세요.

이해

붙임 딱지 붙여요.

2 이 글에서 글쓴이가 전학 온 첫날 겪은 일은 무엇입니까? (　　　)

이해

① 선생님께 편지를 썼다.
② 체육 시간에 피구를 했다.
③ 배탈이 나서 보건실에 갔다.
④ 수업 시간에 떠들며 놀았다.
⑤ 학교 연못에 있는 물고기에게 먹이를 주었다.

3 ㉠~㉣ 중 글쓴이의 생각이나 느낌이 드러난 부분의 기호를 쓰세요.

이해

(　　　)

4 글쓴이와 비슷한 경험을 통해 글쓴이의 마음을 짐작한 친구에 ○표 하세요.

문제해결

03 인물의 표정이나 행동 찾기

★ 이 그림책에 표시된 글과 어울리는 얼굴 표정에 ○표 하세요.

생일을 맞은 여우는 이웃에 사는 두루미를 초대했어요.
그리고 맛있는 콩국을 넓적한 접시에 담아 내왔지요.
하지만 두루미는 긴 부리 때문에 접시만 콕콕 짚을 뿐 먹을 수가 없었어요.
"왜 안 먹는 거야? 정말 맛있는데."
여우는 두루미의 사정은 생각하지도 않고 혼자서만 맛있게 먹었어요. 그 모습을 본 두루미는 화가 나서 얼굴이 울그락불그락해졌어요.

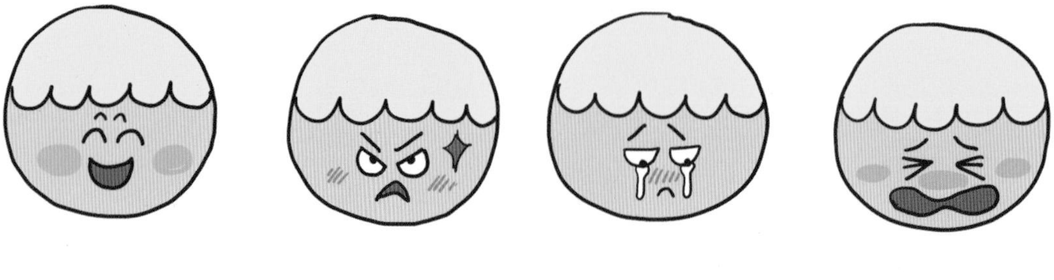

★ 이 그림책에서 표시된 그림과 어울리는 문장을 찾아 ○표 하세요.

며칠 후, 이번에는 두루미가 여우를 초대했어요. 두루미는 맛있는 생선국을 병에 담아 여우에게 주었어요. 하지만 여우는 입이 뭉툭해서 병에 입이 들어가지 않았어요. 여우는 생선국을 먹으려고 애를 썼지만 먹을 수가 없어서 (**기분이 좋아졌답니다 / 땀만 뻘뻘 흘렸답니다 / 얼굴에 웃음이 번졌답니다 / 얼굴을 가렸답니다**).

주제 탐구

인물의 행동이나 표정을 나타낼 때에 주로 흉내 내는 말을 많이 씁니다. 글을 읽을 때 흉내 내는 말에 주의하며 인물의 표정이나 행동을 살펴보면 내용을 이해하는 데 도움이 됩니다. 또한 인물의 표정이나 행동을 통해 인물의 마음을 짐작할 수도 있습니다.

유형 1 표정이나 행동을 나타내는 말 알기

글에서 인물의 표정이나 행동을 나타내는 말인 흉내 내는 말을 찾는 문제입니다.

1 국어 ㉠~㉣ 중 인물의 표정이나 행동을 나타내는 말이 아닌 것의 기호를 쓰세요. (　　　)

"혹시 토 선생이 아니시오?"

토끼는 작고 힘없는 자기를 선생이라 부르는 것을 보고 고개를 ㉠갸우뚱갸우뚱 기울였어요. 하지만 선생이라고 높여 부르는 것이 기분은 좋았어요.

"나는 용궁에서 온 별주부라고 하오. 이렇게 토 선생을 만나게 되어 무척 반갑소. 이렇게 만난 것도 ㉡인연인데 우리 용궁에 초대하고 싶은데 어떻소?"

별주부는 토끼를 보고 ㉢생글생글 웃으며 말했어요. 토끼는 별주부의 친절함에 기분이 좋아서 ㉣쫄래쫄래 별주부를 따라갔어요.

유형 2 인물의 표정이나 행동 찾기

그림과 글에 드러난 인물의 표정이나 행동을 파악하는 문제입니다.

2 국어 이 그림책에 나타난 여우의 표정으로 알맞은 것은 무엇입니까? (　　　)

① 힘없는 표정
② 무서워하는 표정
③ 입을 꾹 다문 표정
④ 눈을 슬며시 감는 표정
⑤ 좋아서 활짝 웃는 표정

3 ㉠과 ㉡에서 알 수 있는 인물의 마음을 찾아 선으로 이으세요.

국어

유형 3 **인물의 표정이나 행동을 통해 인물의 마음 알기**

인물의 표정이나 행동이 나타난 부분을 살펴보면서 인물의 마음을 파악하는 문제입니다.

"어서 썩 비키지 못할까?"

나무 그늘에서 쉬고 있는 젊은이를 향해 김 영감이 소리를 질렀습니다. 욕심 많은 김 영감이 느티나무가 자기 것이니 나무 그늘도 자기 것이라며 젊은이를 쫓아낸 것입니다.

젊은이는 고민 끝에 김 영감에게 돈을 주고 나무 그늘을 샀습니다. 이제 언제든지 나무 그늘 아래서 편히 쉴 수 있게 된 것이지요. 하루는 젊은이가 나무 그늘에서 낮잠을 자고 있는데 해가 기울어 나무 그늘이 김 영감 집 마당으로 옮겨 갔습니다. 젊은이도 나무 그늘을 따라 김 영감 집 마당으로 들어갔습니다. 나무 그늘은 다시 김 영감네 안방으로 옮겨 갔습니다. 이번에도 젊은이는 그늘을 쫓아 안방까지 들어가 누웠습니다.

"아니, 지금 뭐하는 게냐? 썩 나가거라!"

젊은이를 보고 ㉠김 영감이 고래고래 소리쳤습니다. 하지만 ㉡젊은이는 눈 하나 깜짝하지 않았습니다.

"영감님이 돈을 받고 제게 나무 그늘을 팔지 않았습니까? 그러니 이 그늘은 제 것입니다."

(1) ㉠ •	• ① 떳떳한 마음
(2) ㉡ •	• ② 화가 나는 마음

 ★ 흉내 내는 말에 주의하며 글을 읽어 보세요.

● **글의 종류** 이야기(동화)

● **글의 특징** 이 글은 어린이날이 되기 전날, 꽃과 곤충, 새들이 잔치를 준비하는 내용으로, 어린이날을 맞이하는 방정환 선생님의 기쁜 마음이 잘 나타나 있습니다. 당시에 어린이날은 5월 1일이었습니다.

● **낱말 풀이**
인력거 사람이 끄는 바퀴 달린 수레.
당도하였습니다 어떤 곳에 도착하였습니다.
일제히 여럿이 한꺼번에.
초하루 매달 첫째 날.

지문 ★★☆

낱말 ★★☆

목을 앓는다던 꾀꼬리도 노란 새 옷을 화려하게 입고 인력거를 타고 당도하였습니다. 꾀꼬리가 온 것을 보고 모두들 어떻게 기뻐하는지 몰랐습니다. 일 년 중에도 제일 선명한 햇빛이 이 즐거운 잔치 터를 비추기 시작하였습니다. 버들잎, 잔디 풀은 물에 갓 씻어 낸 것처럼 새파랬습니다.

5월 초하루! 거룩한 햇빛이 비치기 시작하는 것을 보고, 복사나무 가지 위 꽃그늘에서 온갖 새들이 일제히 5월 노래를 부르기 시작했습니다. 그러니까 거기 맞추어서 나비들이 춤을 너울너울 추기 시작했습니다. 모든 것이 즐거움을 이기지 못하고 덩실덩실 춤을 추었습니다. 잔디 풀, 버들잎까지 우쭐우쭐하였습니다.

즐거운 봄이었습니다. 좋은 놀이였습니다. 특별나게 햇볕 좋은 아침에 사람들이 모여들면서,

"아이고, 복사꽃이 어느 틈에 저렇게 활짝 피었나!"

"아이고, 이게 웬 나비들이야!"

"인제 아주 ㉠봄이 익었는걸!"

하고 ㉡기쁜 낯으로 이야기하면서 보고들 있었습니다.

5월 초하루는 참말 새 세상이 열리는 첫날이었습니다.

방정환, 「4월 그믐날 밤」

1주 3일 학습 끝!

붙임 딱지 붙여요.

1 잔치가 벌어진 날은 언제입니까? (　　　)

이해

① 5월 1일　② 5월 5일　③ 4월 15일
④ 4월 30일　⑤ 5월 31일

2 이 글에서 나비가 춤을 추는 모습을 흉내 낸 말을 찾아 쓰세요.

어휘

3 ㉠의 의미를 알맞게 말한 친구에 ○표 하세요.

이해

(1) 연서: 봄이 끝났다는 뜻이야. (　　　)
(2) 준희: 진짜 봄이 되었다는 뜻이야. (　　　)
(3) 대호: 봄이 시작된다는 말인 것 같아. (　　　)

4 ㉡을 표현한 얼굴 표정으로 알맞은 것에 ○표 하세요.

추론

(1)

(2)

(3)

5 5월 초하루를 맞는 사람들의 모습을 흉내 내는 말로 알맞은 것은 무엇입니까? (　　　)

어휘

① 훌쩍훌쩍　② 방글방글　③ 첨벙첨벙
④ 살금살금　⑤ 갸우뚱갸우뚱

04 시나 노래에서 겪은 일 찾기

★ 이 시에서 글쓴이가 경험한 일이 무엇인지 빈칸에 알맞게 쓰세요.

하나, 둘, 셋
우리 집
자전거 바퀴
한 줄로 나란히 굴러갑니다.

쌩쌩 동생 먼저
달려 나가면
쉬지 않고 내 자전거가
따라갑니다.

비틀비틀 아빠의 한발 자전거도
맨 뒤에서
묘기하며
따라옵니다.

하나, 둘, 셋
자전거 바퀴
셋, 둘, 하나
순서로 굴러갑니다.

• [ ][ ] 와/과 아버지와 함께 [ ][ ][ ] 을/를 탄 일

★ 이 시를 읽고 비슷한 자신의 경험을 떠올려 빈칸에 알맞게 쓰세요.

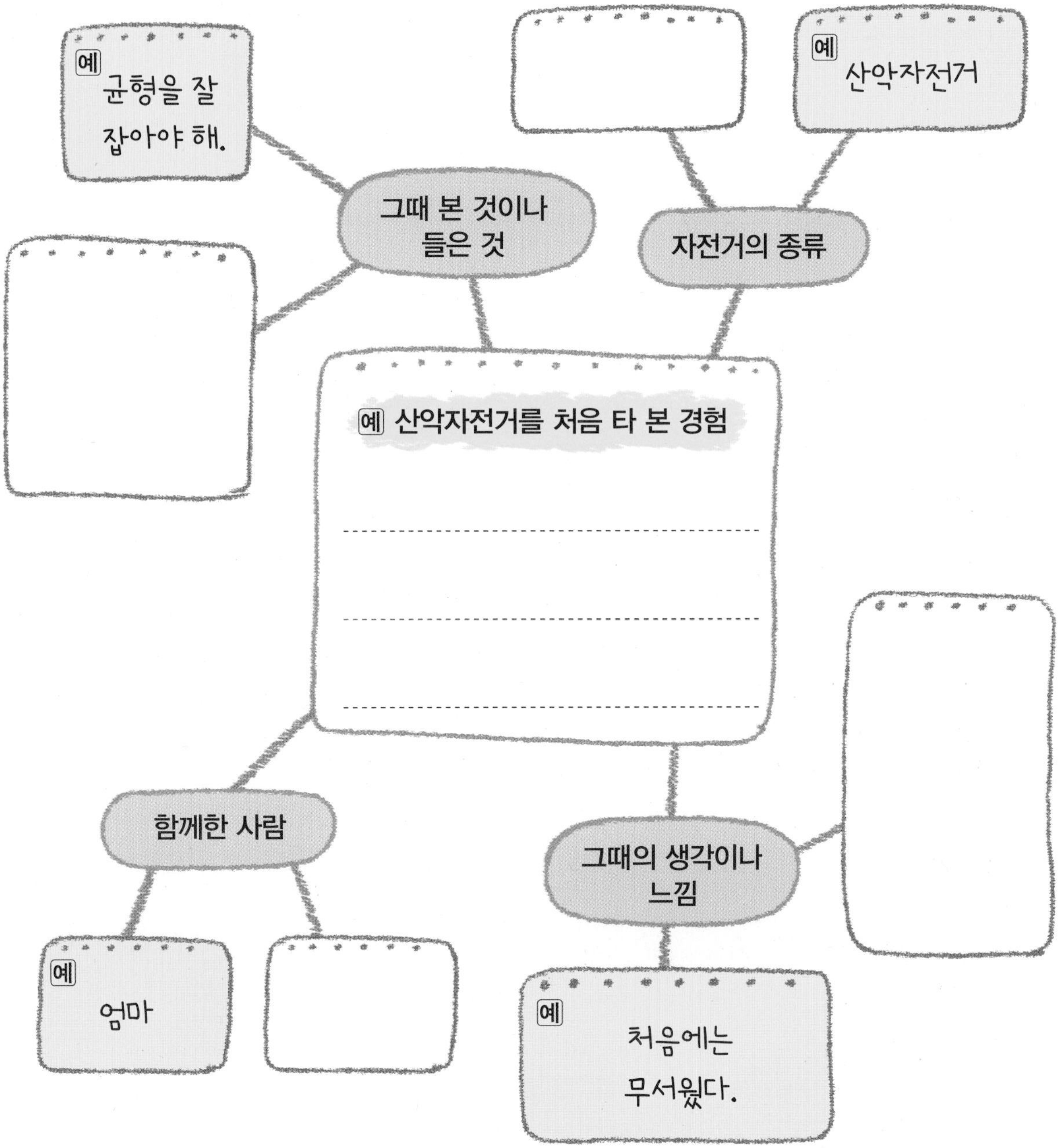

주제 탐구

우리가 일상생활에서 겪는 일은 시의 좋은 글감이 됩니다. 따라서 글쓴이는 겪은 일에 대한 생각이나 느낌을 실감나게 시로 표현합니다. 겪은 일을 나타낸 시를 읽을 때에는 겪은 일과 비슷한 경험을 떠올리면서 읽습니다.

유형 1 시에서 글쓴이의 경험 찾기

시를 읽고 글쓴이의 경험, 즉 겪은 일을 파악하는 문제입니다.

1 이 시에 나타난 글쓴이의 경험은 무엇입니까? (   )

국어

물 마시는 병

박목월

주전자에 물을 담아
솔솔솔 병에 채운다.

왜, 병에 물을 채우니?
왜는 왜야, 심심해서
물을 채우지.

누가 심심하니?
병도 나도 심심하지.

(후략)

① 병을 주운 경험
② 주전자를 본 경험
③ 병을 깨뜨린 경험
④ 병에 물을 채운 경험
⑤ 물을 시원하게 마신 경험

유형 2 시에서 실감나게 표현한 부분 찾기

시에서 글쓴이의 경험을 실감나게 표현한 부분을 찾는 문제입니다. 흉내 내는 말을 넣으면 느낌이 더 생생하고, 실감이 납니다.

파마 화학 약품을 이용하여 머리카락을 구불구불하게 만들거나 곧게 편 머리.

2 다음 중 글쓴이가 자신의 경험을 실감나게 표현한 것의 기호를 쓰세요. (   )

국어

㉠엄마 없는 날
나는 동생의
㉡엄마가 된다.

흘린 과자도 치우고
㉢장난감도 정리하고
얼굴도 씻기고

엄마처럼 하고 나면
파마한 엄마처럼
㉣내 머리도 뽀글뽀글 헝클어진다.

3 글쓴이와 비슷한 경험을 떠올린 친구에 ○표 하세요.

국어

너의 이름을 쓴다

오순택

고운 햇살 가득한 바닷가 모래밭에
보고픈 너의 이름을 써 놓으면
갈매기가 날아와서 읽고 간단다.

맑은 햇살 가득한 바닷가 모래밭에
그리운 너의 이름을 써 놓으면
파도가 달려와서 읽고 간단다.

유형 3 글쓴이와 비슷한 경험 떠올리기

시에서 글쓴이가 겪은 일을 살펴보고 이와 비슷한 경험을 떠올려 보는 문제입니다.

★ 글쓴이가 겪은 일을 떠올리며 시를 읽어 보세요.

●**글의 종류** 동시

●**글의 특징** 이 시는 추운 겨울에도 당신보다 아이를 더 생각하는 엄마의 마음과 그런 엄마를 사랑하는 아이의 마음을 잘 담고 있습니다.

●**중심 내용**
1연 엄마가 옷을 자리 밑에 넣어 놓으심.
2연 엄마가 밥을 포대기로 싸 놓으심.
3연 엄마가 신을 아궁이 앞에 놔두심.
4연 물을 길으러 간 엄마의 모습이 나타남.
5연 애쓰신 엄마의 튼 손을 쥐고 자겠다는 글쓴이의 말에 엄마에 대한 사랑이 잘 드러남.

●**낱말 풀이**
포대기 어린아이의 작은 이불을 뜻함.
아궁이 방에 불을 때기 위해 만든 구멍.
기르러 '길으러'의 시적 표현.
튼 너무 마르거나 춥거나 하여 틈이 생겨서 갈라진.

겨울 엄마

윤석중

내 옷 어디 갔어?
옳아, 차가울까 봐
엄마가 자리 밑에 넣어 놓으셨구나.

내 밥 어디 갔어?
옳아, 식을까 봐
엄마가 포대기로 싸 놓으셨구나.

내 신 어디 갔어?
옳아, 발 시릴까 봐
엄마가 아궁이 앞에 놔두셨구나.

엄마 어디 갔어?
옳아, 얼음길 조심조심
물을 기르러 가셨구나.

㉠추위에 튼 엄마 손
오늘 밤도 두 손으로
꼬옥 쥐고 잘 테야.

지문 ★☆☆
낱말 ★★☆

1주 4일
학습 끝!

붙임 딱지 붙여요.

1 이해

이 시에서 글쓴이가 겪은 일이 아닌 것은 무엇입니까? (　　　　)

① 엄마와 얼음 위에서 썰매를 탔다.

② 엄마가 가족을 위해 애쓰시는 모습을 보았다.

③ 엄마가 포대기에 싸 놓으셨던 따뜻한 밥을 먹었다.

④ 엄마가 자리 밑에 넣어 따뜻하게 데워 주신 옷을 입었다.

⑤ 엄마가 아궁이 앞에 놔두신 신발을 신으니 발이 따뜻하였다.

2 이해

이 시에서 반복되는 말을 보기에서 모두 골라 쓰세요.

보기

어디 갔어?　　얼음길　　밥　　아궁이　　옳아

(　　　　　　　　　　　　)

3 추론

㉠을 읽고 상상할 수 있는 그림으로 알맞은 것에 ○표 하세요.

(1)

(2)

(3)

4 문제해결

글쓴이와 비슷한 경험을 말한 친구는 누구입니까? (　　　　)

① 현우: 엄마와 할머니 댁에 놀러 갔어.

② 지원: 아빠는 나와 잘 놀아 주셔서 좋아.

③ 영지: 동생이랑 싸워서 엄마께 혼이 났어.

④ 수현: 엄마는 항상 동생만 편드셔서 속상해.

⑤ 민기: 비 오는 날에 엄마가 우산을 들고 마중을 나오셨어.

05 인물을 소개할 때 들어갈 내용 알기

★ 단계별로 소개하는 내용을 보고, 누구인지 알아맞혀 보세요. 나의 점수는 몇 점인가요? 단계가 낮을수록 점수가 높아요.

1단계

이 사람은 조선 시대 왕입니다.

2단계

책 읽기를 무척 좋아하고,
고기반찬을 좋아했습니다.

3단계

백성을 사랑하는 마음으로 누구나 쉽게 배우고 쓸 수 있는 한글을 만들었고, 측우기, 해시계, 혼천의 등을 만들게 하여 조선의 과학 발전을 이루었습니다.

4단계

'성군' 또는 '대왕'이라는 호칭이 붙어 우리 역사상 가장 훌륭한 왕이자, 우리나라 사람들에게 가장 존경받는 인물입니다.

• 이 사람은? [ ] / [ ] 점

주제 탐구

인물을 소개하는 글은 다른 사람에게 누군가에 대해 알려 주기 위해 쓴 글입니다. 따라서 인물을 소개하는 글에는 읽을 사람이 궁금해하는 중요한 내용이 들어가야 하고, 소개할 사람의 이름과 성별, 모습, 성격, 잘하는 것, 좋아하는 것 등이 잘 드러나야 합니다.

유형 1 **인물을 소개하는 글의 특징 알기**

인물을 소개하는 글의 특징을 알고 있는지 묻는 문제입니다.

1 국어

다음 중 내 짝에 대해 소개한 내용이 아닌 것의 기호를 쓰세요. (　　)

㉠개학하는 날, 무척 더워서 짜증이 났지요. 새로 만난 ㉡내 짝의 이름은 이서현이에요. 이서현은 나보다 키가 커요. 이서현의 키는 우리 형만 한 것 같아요. 키가 큰 ㉢이서현은 달리기를 아주 잘해요. 다리가 길어서 더 빨리 달리나 봐요. ㉣이서현은 노래도 아주 잘 불러요. 나는 높은 음이 잘 안 올라가는데 이서현은 목을 쭉 빼고 음이 높은 노래를 잘 부르지요. 그래서 ㉤이서현의 별명은 꾀꼬리예요. 꾀꼬리처럼 노래를 잘 부른다고 선생님께서 지어 주셨어요.

유형 2 **인물을 소개할 때 다양한 표현으로 나타내기**

인물을 소개할 때 인물의 특징이 잘 드러나게 다양한 표현을 활용할 수 있는지 확인하는 문제입니다.

2 국어

㉠에 들어갈 알맞은 표현은 무엇입니까? (　　)

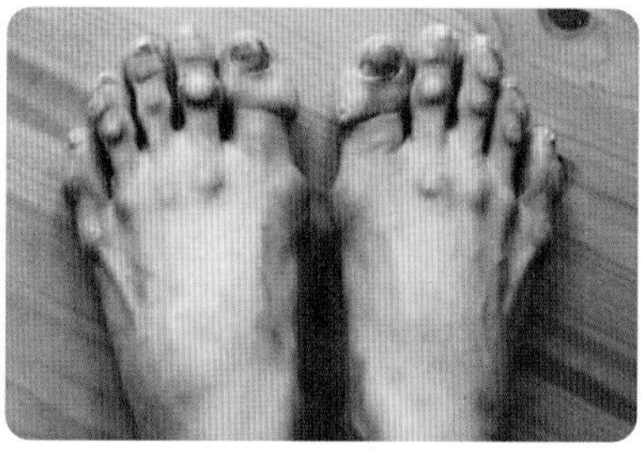

발레리나 강수진은 세계적인 발레리나예요. 강수진은 9살 때부터 무용을 시작했어요. 발레리나가 되기로 결심한 강수진은 고등학교 1학년 때 발레를 더 잘 배우기 위해 유럽의 발레 학교에 들어갔어요. 강수진은 외롭고 힘든 시간을 보내며 피나는 노력을 했지요. 그 결과 세계 5대 발레단 중 하나인 독일 슈투트가르트 발레단의 최고 발레리나가 되었어요. 발레 하는 강수진의 모습은 정말 아름다워요. 하지만 그건 끊임없는 노력 덕분이지요. 강수진의 발은 발레 연습으로 [㉠] 울퉁불퉁한 모습이랍니다.

① 매우 크고
② 매끈하지만
③ 상처가 없어서
④ 새끼손가락만큼 작고
⑤ 상처가 나고 굳은살이 생겨서

3 이 글에서 체육 선생님에 대해 소개한 내용이 아닌 것은 무엇입니까? (　　　)

국어

우리 학교에는 멋진 체육 선생님이 계십니다.

체육 선생님의 성함은 하종호입니다. 결혼하지 않으신 32살 총각 선생님이십니다. 선생님께서는 아주 키가 크십니다. 키가 크셔서인지 손도 아주 크셔서 한 손으로도 공을 잘 잡으십니다. 선생님께서 공을 한 손으로 잡으시면 아이들이 '우아' 하며 놀랍니다.

하종호 선생님께서는 재미있는 운동 경기를 매주 수요일 체육 시간마다 가르쳐 주십니다. 1학기에는 발야구와 피구를 배웠습니다.

선생님께서는 운동도 아주 잘 하십니다. 선생님께서 축구공을 차시면 운동장 끝까지 날아갈 정도입니다. 선생님께서는 야구 선수처럼 공도 잘 던지십니다.

선생님께서는 정이 많은 성격이십니다. 운동 경기에서 져서 속상해하는 아이가 있으면 꼭 달래 주십니다. 선생님께서 달래 주시면 경기에 진 서운한 마음이 싹 사라져서 다시 기분이 좋아집니다. 그래서 선생님께서는 우리 반 친구들에게 인기가 많으십니다.

① 선생님의 이름　　② 선생님의 나이
③ 선생님의 성격　　④ 선생님께서 사시는 곳
⑤ 선생님께서 잘하는 것

유형 3 인물을 소개할 때 들어갈 내용 알기

인물을 소개하는 글에서 소개한 내용을 구체적으로 파악하는 문제입니다.

성함 '성명(성과 이름을 아울러 이르는 말)'의 높임말.

●**글의 종류** 소개하는 글

●**글의 특징** 이 글은 학교를 3개월밖에 다니지 못한 낙제생에서 1,000종이 넘는 수많은 발명품을 남겨 발명왕이 된 에디슨에 대해 자세히 소개한 글입니다.

●**낱말 풀이**
화물칸 열차에서 짐을 싣는 칸.
영사기 필름에 촬영된 이미지를 빛과 렌즈로 크게 보이게 하는 기계.
축음기 레코드에 녹음한 음악을 나오게 하는 기계.
영감 기발한 생각.

지문 ★☆☆
낱말 ★★☆

에디슨은 1847년 미국에서 태어났습니다. 꼬마 에디슨은 호기심 많은 성격으로 엉뚱한 행동을 많이 했다고 합니다. 학교에 입학해서도 엉뚱한 행동과 질문을 하다가 선생님께 혼나는 일이 많았습니다. 결국 학교에 입학한 지 석 달 만에 학교를 그만두고 집에서 엄마와 공부했습니다.

집에서 공부하면서도 에디슨의 호기심은 줄지 않았습니다. 에디슨은 12살에 열차에서 신문 파는 일을 했는데, ㉠이때 열차의 화물칸 구석에서 많은 실험을 했다고 합니다. 어른이 되어서도 에디슨의 실험은 멈추지 않았습니다. 그 결과 에디슨은 오늘날 우리가 편리하게 사용하는 백열전구를 발명했습니다. 촛불이나 램프로 불을 밝히던 세상은 에디슨의 발명으로 전등을 사용하는 세상으로 바뀌었습니다. 이후 에디슨은 영사기, 축음기 등 1,000종이 넘는 물건을 발명했습니다. 모두 쉬지 않고 이어진 실험 덕분이었습니다.

사람들은 에디슨을 '발명왕'이라 부르고, '천재'라고 칭찬했습니다. 그러자 에디슨은 "천재는 1%의 영감과 99%의 땀으로 만들어진다."고 말했습니다. 에디슨은 14년 동안 하루 평균 20시간씩 연구와 실험을 했다고 하니, 땀 흘리는 노력이 중요하다는 에디슨의 말은 진심이었던 것입니다.

1주 5일
학습 끝!

붙임 딱지 붙여요.

1 이해

이 글에서 소개한 내용으로 알맞지 않은 것은 무엇입니까? (   )

① 에디슨은 친구가 거의 없었다.
② 에디슨은 호기심이 많은 성격이었다.
③ 에디슨은 열심히 연구하는 발명가였다.
④ 사람들은 에디슨을 '발명왕', '천재'라고 불렀다.
⑤ 에디슨은 입학한 지 석 달 만에 학교를 그만두었다.

2 이해

밑줄 친 ㉠은 소개하는 인물의 특징 중 무엇에 해당하는지 보기에서 골라 쓰세요. (   )

보기

모습 성격 이름과 성별 좋아하는 것

3 추론

백열전구의 발명으로 가능해진 세상 풍경에 ○표 하세요.

(1)
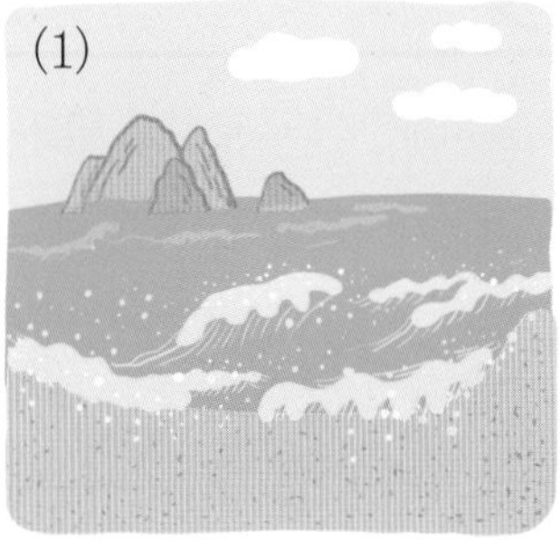

(2)

(3)

4 비판

이 글을 읽은 후, 자신의 생각이나 느낌을 알맞게 말한 친구는 누구입니까? (   )

① 준연: 에디슨 때문에 생활이 불편해졌어.
② 재호: 학교에서는 실험을 하면 절대 안 돼.
③ 영지: 호기심이 많으면 발명을 못하는 것 같아.
④ 동인: 엄마랑 공부하는 것은 언제나 즐거운 일이야.
⑤ 연철: 호기심이 발명을 하는 데 도움이 되는 것 같아.

독해 플러스

1주

알쏭달쏭 다의어

'다의어'란 한 낱말이 두 가지 이상의 뜻을 가진 낱말, 즉 한 낱말이 여러 가지 뜻을 가진 낱말이에요. '발'이라는 낱말도 원래 '사람이나 동물의 다리 맨 끝부분'을 가리키지만, 의미가 넓어지면서 '걸음', '활동하는 범위' 등의 뜻을 가지게 되었어요.

● 자주 쓰이는 다의어

머리	① 사람이나 동물의 목 위의 부분 예 머리를 숙여 인사했다. ② 생각하고 판단하는 능력 예 형은 머리가 좋다. ③ 머리카락 예 미용실에서 머리를 잘랐다.
손	① 사람의 팔목 끝에 달린 부분 예 비누로 손을 씻었다. ② 일손 예 일이 많아서 손이 모자랐다.
깎다	① 칼 같은 것으로 물건의 겉 부분을 벗겨 내다. 예 과일을 깎다. ② 풀이나 털을 잘라 내다. 예 강아지 털을 깎다. ③ 값이나 금액을 낮추어 줄이다. 예 물건값을 깎았다.
먹다	① 음식 따위를 입을 통하여 배 속에 들여보내다. 예 밥을 먹었다. ② 어떤 마음이나 감정을 품다. 예 열심히 하기로 마음을 먹었다. ③ 일정한 나이에 이르거나 나이를 더하다. 예 나이를 먹었다.

1 밑줄 친 낱말의 뜻으로 알맞은 것에 ○표 하세요.

(1) 김장하는 날에는 손 (**사람의 팔목 끝부분 / 일손**)을 깨끗이 씻고, 모두 손 (**사람의 팔목 끝부분 / 일손**)을 보태야 해요.

(2) 머리 (**사람의 목 윗부분 / 생각하고 판단하는 능력**)가 크다고 머리 (**사람의 목 윗부분 / 생각하고 판단하는 능력**)가 좋은 것은 아니에요.

2 다음 그림의 뜻을 모두 가진 낱말을 보기에서 찾아 쓰세요. (   )

보기
깎다
먹다
가다

이번 주 나의 독해력은?	
이번 주 학습을 모두 끝마쳤나요?	☺ ☺ ☹
시나 글에서 글쓴이가 겪은 일을 잘 알 수 있나요?	☺ ☺ ☹
인물을 소개하는 내용을 파악할 수 있나요?	☺ ☺ ☹

정답 1. (1) 사람의 팔목 끝부분, 일손 (2) 사람의 목 윗부분, 생각하고 판단하는 능력 2. 먹다

06

2주

이야기의 차례대로 정리하기

★ 이 글을 읽고, 이야기가 벌어지는 장소를 나타내는 말에 모두 ○표 하세요.

화창한 어느 날, 앨리스는 언니와 함께 강둑에 앉아 있었어.

언니는 앨리스에게 책을 읽어 주었지. 하지만 앨리스는 슬슬 지루해지기 시작했어.

그때 흰 토끼 한 마리가 앨리스 앞을 휙 지나갔어. 토끼는 뭐가 바쁜지 열심히 달려갔지. 앨리스는 토끼를 뒤따라갔어.

토끼는 굴속으로 들어가 버렸고, 앨리스도 토끼를 따라 굴속으로 들어갔어. 굴속은 너무 캄캄해서 앞이 보이지 않았지. 굴속에서 발을 헛디딘 앨리스는 한없이 아래로 떨어지고 말았어.

"여긴 어디지?"

앨리스가 두리번거리는데 다시 흰 토끼가 보였어. 토끼는 커다란 성으로 쏙 들어갔어. 앨리스도 토끼를 따라 성으로 들어가고 싶었지만 문이 너무 작아서 들어갈 수 없었지. 성 앞을 서성이던 앨리스는 주스를 발견하고 마셨어. 그러자 몸이 개미처럼 작아져 버렸어.

루이스 캐럴, 『이상한 나라의 앨리스』

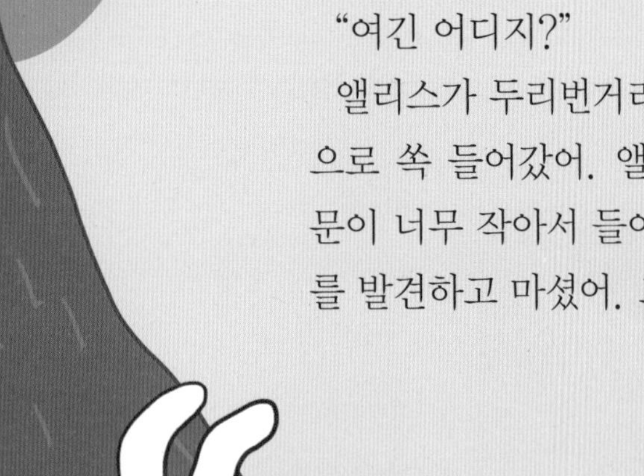

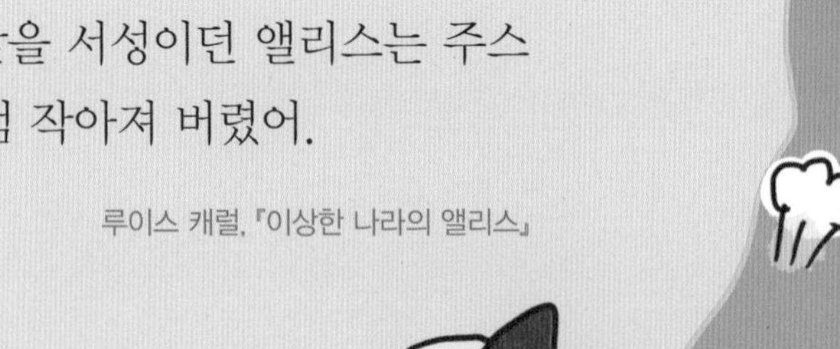

★ **이야기에서 찾은 장소를 빈칸에 알맞게 쓰고, 일이 일어난 차례대로 기호를 쓰세요.**

㉮ [ ][ ]에서 앨리스는 주스를 마시고 몸이 개미처럼 작아졌다.

㉯ 앨리스는 흰 토끼를 따라 [ ][ ]으로 들어가고, 발을 헛디뎌 아래로 떨어졌다.

㉰ 언니와 함께 [ ][ ]에 앉아 있던 앨리스는 흰 토끼를 보고 뒤따라 갔다.

( ) ➡ ( ) ➡ ( )

주제 탐구

이야기를 읽고 일이 일어난 차례를 순서대로 파악하면 이야기를 좀 더 쉽게 이해할 수 있습니다. 일이 일어난 차례를 정리할 때에는 일이 일어난 배경이 되는 장소를 살펴봅니다.

유형 1 일이 일어난 장소 알기

이야기를 읽고 이야기의 배경이 되는 장소를 파악하는 문제입니다.

1 이야기가 일어난 장소가 어디인지 찾아 쓰세요.

국어

집채만 한 고래가 단숨에 피노키오를 꿀꺽 삼켜 버렸어요. 고래 배 속은 아주 캄캄했어요. 피노키오는 너무 무서워서 훌쩍훌쩍 울었어요. 그런데 저 멀리서 작은 불빛이 반짝이고 있었어요. 피노키오는 그 불빛을 따라가 보았어요. 그곳에는 피노키오의 아빠 제페토가 있었어요.

"아빠, 저 피노키오예요."

"피노키오? 너를 만나다니 꿈만 같구나!"

카를로 콜로디, 『피노키오의 모험』

(　　　　　　　　　　)

유형 2 장소에 따라 일어난 일 알기

이야기를 읽고 장소를 파악하여 일어난 일을 정리하는 문제입니다.

2 글을 읽고 장소에 따라 일어난 일을 찾아 선으로 이으세요.

국어

호랑이와 곰이 태백산 봉우리에 사는 환웅을 찾아갔어요. 환웅은 하늘 신의 아들로 세상을 다스리기 위해 내려왔어요.

"저희는 사람이 되고 싶어요. 은혜를 베풀어 주세요."

그러자 환웅이 호랑이와 곰에게 쑥과 마늘을 주며 이렇게 말했어요.

"동굴로 들어가 백일 동안 이것만 먹으며 너희의 소원을 빌어라. 그러면 사람이 될 수 있을 것이다."

이리하여 호랑이와 곰은 깊은 동굴에 들어갔어요. 그리고 환웅의 말대로 쑥과 마늘만 먹으며 소원을 빌었어요.

(1) 태백산 봉우리 •	• ① 호랑이와 곰이 쑥과 마늘만 먹고 지냈다.
(2) 동굴 •	• ② 호랑이와 곰이 환웅에게 사람이 되게 해 달라고 했다.

3 일이 일어난 차례대로 이야기의 내용을 잘 정리한 친구는 누구입니까? (　　　)

국어

유형 3 **일이 일어난 차례대로 이야기의 내용 정리하기**

장소를 나타내는 말을 사용하여 일이 일어난 차례대로 이야기의 내용을 정리합니다.

옛날에 귀여운 소녀가 엄마와 살고 있었어요. 소녀는 항상 빨간 모자를 쓰고 다녀서 모두들 '빨간 모자'라고 불렀어요.

"빨간 모자야, 엄마 심부름 좀 해 주겠니?"

부엌에 있던 엄마가 빨간 모자에게 빵과 포도주를 주며 할머니 댁에 가져다 드리라고 했어요. 빨간 모자는 빵과 포도주를 들고 숲으로 갔어요.

"빨간 모자야, 어디 가니?"

숲속에서 늑대가 나타나 물었어요.

"할머니 댁에 심부름 가요."

"할머니 댁이 어딘데?"

"산 너머에 있어요. 이 길로 쭉 가면 나와요."

빨간 모자는 친절하게 할머니 집을 가르쳐 주었어요. 늑대는 빨간 모자보다 먼저 할머니 집으로 서둘러 떠났어요.

할머니 집에 도착한 늑대는 단숨에 할머니를 잡아먹었어요. 그리고 할머니처럼 꾸며서 빨간 모자를 기다렸어요. 빨간 모자를 잡아먹기 위해서였지요.

사를 페로, 「빨간 두건」

① 미영: 빨간 모자는 집 앞에서 늑대를 보았지만 모른 척 숲으로 갔어요.

② 강호: 할머니 집을 나온 빨간 모자는 숲에서 늑대를 만나 길을 알려 주었어요.

③ 예진: 할머니 집에서 빨간 모자를 기다리던 늑대는 빨간 모자네 집으로 갔어요.

④ 민정: 할머니 집에서 할머니를 잡아먹은 늑대는 숲으로 가서 빨간 모자를 만났어요.

⑤ 재원: 빨간 모자가 숲에서 늑대를 만나 할머니 집을 알려 주자, 늑대가 할머니 집에 먼저 가서 할머니를 잡아먹었어요.

●**글의 종류** 이야기(동화)

●**글의 특징** 이 글은 소금 장수의 모자란 아들이 소금을 팔려고 하지만 매번 엉뚱한 행동으로 소금을 팔지 못하는 내용으로, 옛날부터 전해 내려오는 이야기입니다.

●**낱말 풀이**
광산 광물을 캐내는 곳.
광부 광산에서 광물을 캐는 일을 직업으로 하는 사람.
경사 기쁜 일이나 함께 축하할 일.

지문 ★☆☆

낱말 ★★☆

㉠소금 장수에게 조금 모자란 아들이 있었어요. 어느 날, 아들이 아버지처럼 소금 장수가 되겠다고 하였어요. 아들은 소금을 지게에 지고 산을 넘어 광산으로 갔어요.

"소금 사세요, 소금!"

"바쁘게 땅을 파고 있는데 저리 가지 못해!"

광부들은 아들을 쫓아냈어요. 결국 소금을 하나도 팔지 못했지요. 집에 돌아온 아들은 광산에서 있었던 일을 아버지에게 이야기했어요.

"그럴 때는 땅을 같이 파고 소금을 사 달라고 하면 좋지."

"아, 그렇군요."

다음 날, 아들은 소금을 지고 이웃 마을에 갔어요. 아들은 사람들이 모인 곳으로 가서 땅을 파며 소금을 사 달라고 했어요.

"아니, 잔칫집에서 이게 무슨 짓이냐?"

사람들은 아들을 보며 화를 냈어요. 아들은 이웃 마을에서도 소금을 하나도 팔지 못했지요. 아들의 이야기를 들은 아버지는 이렇게 말했어요.

"그럴 때는 '경사 났네, 경사 났어.' 하며 춤을 췄어야지."

아버지의 말을 가슴에 새긴 아들은 다시 소금을 팔러 갔어요. 아들은 그곳에서 춤을 추며 경사 났다고 말했어요. 그러자 사람들이 무섭게 화를 냈어요. 아들이 간 곳은 '불난 집'이었거든요.

1 장소에 따라 아들이 한 행동을 찾아 선으로 이으세요.

이해

(1) 광산 •	• ① 땅을 열심히 팠다.
(2) 잔칫집 •	• ② 소금을 사 달라고 말했다.
(3) 불난 집 •	• ③ "경사 났네."라고 하며 춤을 췄다.

붙임 딱지 붙여요.

2 ㉠처럼 직업을 나타내는 말을 보기에서 모두 골라 쓰세요.

어휘

보기

엿장수　　군밤 장수　　개구쟁이　　말썽쟁이　　대장장이

(　　　　　　　　　　　　　　　　　)

3 '불난 집'에 다녀온 아들에게 소금 장수가 해 줄 말로 가장 알맞은 것은 무엇입니까? (　　　)

추론

① "거기서 땅을 팠어야지."
② "빨리 그냥 지나쳤어야지."
③ "불 끄는 것을 도왔어야지."
④ "소금을 더 싸게 팔아야 했어."
⑤ "'경사 났다'는 말은 귓속말로 해야지."

4 이 글을 읽고 자신의 생각을 알맞게 말한 친구는 누구입니까? (　　　)

비판

① 정원: 사람은 항상 웃고 다녀야 해.
② 민경: 소금 장사는 하면 안 되겠어.
③ 지연: 소금 장수 아들은 재치가 있네.
④ 수미: 소금을 파는 일이 가장 힘든 일이야.
⑤ 재경: 상황에 따라 알맞은 행동을 해야겠어.

07 인물의 마음 짐작하기

★ 주사위를 던져 홀수가 나오면 한 칸을 가고, 짝수가 나오면 두 칸을 가요. 주사위를 세 번 던져 도착한 곳에서 인물의 마음이 어떠한지 보기 에서 표정 그림을 골라 그려 보세요.

주제 탐구

인물의 마음을 짐작하면서 글을 읽으면 이야기의 내용을 잘 이해할 수 있습니다. 인물의 마음은 인물이 처한 상황, 인물의 말이나 행동, 인물의 마음이 드러나는 표현 등을 통해 짐작할 수 있습니다.

거북이는 쉬지 않고 기어서 결승선에 도착했어요. 달리기 경주에서 이기다니 거북이는 정말 기뻤어요.

선녀가 하늘로 떠나버리자 혼자 남은 나무꾼은 깊은 슬픔에 빠졌어요.

며느리가 '뿡' 하고 방귀를 뀌자 나무에 달린 배가 후드득 떨어졌어요. 그 모습을 본 사람들이 너무 놀라서 입을 다물지 못했어요.

거짓말을 하자 피노키오의 코가 점점 길어졌어요. 피노키오는 깜짝 놀랐어요.

유형 1 글에서 인물의 마음 파악하기

글에서 인물의 상황, 인물의 마음이 드러나는 표현 등을 통해 인물의 마음을 파악하는 문제입니다.

1 국어 **염소들의 마음으로 알맞은 것은 무엇입니까? (　　　)**

> 몸집이 큰 염소가 긴 숨을 내쉬더니 말했어요.
> "나한테 뿔이 없다는 게 말이 돼?"
> 큰 염소의 말에 달리기가 빠른 염소가 맞장구를 쳤어요.
> "맞아맞아. 숲속 동물들 중에는 뿔이 있는 동물이 많아. 우리가 뭐가 부족해서 뿔이 없는 거야?"
> 염소들은 모두 뿔이 없는 것에 불만을 터트렸어요.
> "아무래도 안 되겠어. 우리끼리 불만만 늘어놓느니 제우스 신에게 뿔을 달라고 말하자!"

① 기뻐요. ② 미워요.
③ 쓸쓸해요. ④ 불만스러워요.
⑤ 당황스러워요.

유형 2 인물의 마음이 드러나는 표현 찾기

글에서 직접적으로 인물의 마음이 드러나는 표현을 파악하는 문제입니다.

2 국어 **㉠~㉢ 중 등장인물의 마음이 드러나지 않은 표현의 기호를 쓰세요. (　　　)**

> 어느 날, ㉠찰리는 연극에서 고양이 역할을 맡게 되었어요. 찰리는 평소 보았던 고양이 모습을 떠올리며 열심히 연기했어요. 뒷다리를 살짝 올리며 고양이 흉내를 낼 때면 관객석에서 환호성이 들려왔어요.
> "어머, 어쩜 저렇게 고양이처럼 연기를 할까?"
> ㉡"어린 꼬마가 정말 연기를 잘 하는군."
> 관객들의 환호성이 들려올 때면 찰리 채플린은 더 신이 나서 연기했어요. 하지만 연극이 끝나면 혼자 남아서 생각했지요.
> ㉢'나도 연극을 보러 오는 아이들처럼 엄마 아빠랑 살면 얼마나 좋을까?'

3 **이 글을 읽고 알리바바의 행동에서 짐작할 수 있는 마음을 <u>잘못</u> 말한 친구에 ○표 하세요.**

국어

유형 3 인물의 행동에서 마음 짐작하기

인물의 행동을 통해 인물의 마음을 짐작할 수 있는지 파악하는 문제입니다.

이른 아침, 알리바바가 집을 나섰습니다. 알리바바는 가벼운 발걸음으로 노래를 흥얼거리며 숲으로 갔습니다. 가난한 살림이었지만 숲에서 나무를 해다 팔면 살아갈 수 있어서 기뻤습니다. 숲에 도착한 알리바바는 땀을 흘리며 열심히 나무를 베어 장작을 만들었습니다.

그때였습니다. 멀리서 뿌연 흙먼지가 이는 모습이 보였습니다. 눈을 비비고 자세히 보니 그것은 말을 타고 오는 무리들이 만드는 흙먼지였습니다.

"도적 떼가 몰려오고 있어!"

알리바바는 도적 떼의 눈에 띄지 않기 위해 허겁지겁 나무 위로 기어 올라갔습니다. 도적 떼에게 잡히면 생명이 위험할지도 모를 일이었습니다. 알리바바의 가슴은 콩닥콩닥 뛰었고, 숨은 가빠 왔습니다.

(1)

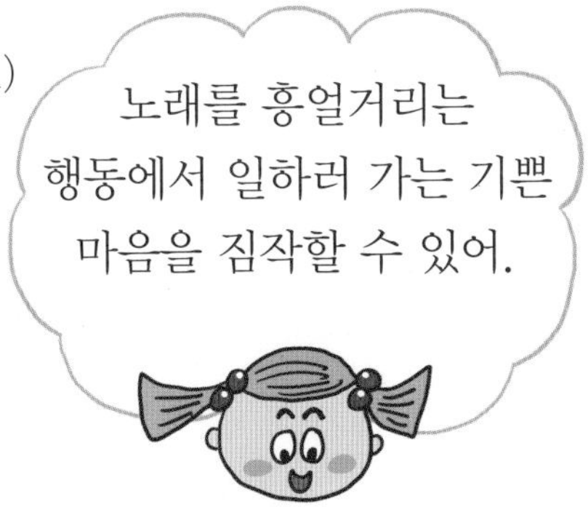

(2)

(3)

(4)

● **글의 종류** 이야기(동화)

● **글의 특징** 이 글은 어부와 문지기의 이야기를 통해 자신의 지위를 이용해서 제 욕심을 채우려 해서는 안 된다는 교훈을 줍니다.

● **낱말 풀이**

문지기 드나드는 문을 지키는 사람.

곤장 옛날에 죄지은 사람의 볼기를 치던 긴 나무 막대기. 또는 그 형벌.

한사코 뜻을 굽히지 않고 기어이.

지문 ★★☆

낱말 ★★☆

㉠"왕자가 태어나다니 정말로 기쁘구나! 어서 잔치 준비를 하여라."

임금님의 명령으로 궁전에서는 잔치 준비가 한창이었어요. 하지만 문제가 하나 있었어요. ㉡잔치 전날 갑자기 폭풍이 불어 물고기를 잡지 못한 거예요.

"잔치에 생선 요리가 없어서는 안 될 텐데."

㉢임금님의 얼굴은 울상이 되었어요. 그때 **문지기**가 한 어부가 임금님을 찾아왔다고 말했어요.

어부는 폭풍을 뚫고 겨우 잡은 물고기를 임금님 앞에 내놓았어요.

㉣"오, 장하다. 어부에게 큰 상을 내리겠다. 원하는 것을 말해 보거라."

그러자 어부는 **곤장** 100대를 때려 달라고 했어요. 임금님은 좋은 것을 주겠다고 했지만 **한사코** 어부는 곤장을 때려 달라고 했지요. 하는 수 없이 임금님은 어부에게 곤장을 치라고 했어요. 하지만 다치지 않게 살살 치라고 했어요.

소원대로 어부는 곤장을 맞았어요. 그러고 나서 갑자기 곤장 50대를 맞은 어부가 나머지 50대는 문지기를 때려 달라고 했어요. ㉤어부의 말에 임금님은 고개를 갸우뚱거렸어요. 상으로 곤장을 때려 달라고 하고 나머지 50대는 문지기에게 넘기겠다니 이상한 일이었지요.

그때 어부가 공손히 말했어요.

"임금님을 만나고 싶다고 하자 문지기는 임금님께 상을 받게 되면 자기에게 반을 달라고 했습니다. 그렇게 약속하지 않으면 절대로 궁전에 들여보내지 않겠다고요. 그러니 나머지 50대는 문지기가 맞아야 합니다."

임금님은 그제야 어부가 곤장을 때려 달라고 한 이유를 알 수 있었어요. 임금님은 일은 제대로 하지 않고 제 욕심만 채우려 한 문지기를 벌하고, 어부에게 큰 상을 내렸습니다.

1 이 글에서 일이 일어난 곳은 어디입니까? (　　　)

이해

① 감옥　　② 궁전

③ 재판소　　④ 풍랑이 거센 바다

⑤ 잔치가 벌어지는 마당

붙임 딱지 붙여요.

2 다음 중 어부가 문지기에게 한 약속은 무엇입니까? (　　　)

이해

① 곤장을 대신 맞는 것

② 생선 요리를 만드는 것

③ 잡은 물고기의 반을 주는 것

④ 임금님에게 받는 상의 절반을 주는 것

⑤ 임금님에게 물고기를 잡아서 바치는 것

3 ㉠~㉤ 중 인물의 마음이 드러나지 <u>않은</u> 표현의 기호를 쓰세요.

추론

(　　　)

4 이 글에 나오는 인물에 대한 생각을 <u>잘못</u> 말한 친구에 ○표 하세요.

비판

08 일이 일어난 차례에 맞게 정리하기

★ 친구들이 「여우와 신 포도」를 읽고 있어요. 가장 마지막에 일어난 일이 무엇인지 빈칸에 알맞게 쓰세요.

배고픈 여우가 먹을 것을 찾아 헤매고 있었어요. 그런데 저 멀리 먹음직스런 포도가 보였어요.

"우아, 맛있는 포도다, 포도!"

여우는 포도나무 쪽으로 단숨에 달려갔어요.

하지만 포도가 달린 나뭇가지가 너무 높이 있었어요. 여우는 포도를 따기 위해 펄쩍펄쩍 뛰어 보았어요.

지칠대로 지친 여우는 원망스런 눈빛으로 포도를 쳐다봤어요.

그리고 이렇게 말했어요.

"저건 분명히 아주 신 포도일 거야. 맛이 없어서 절대 먹을 수 없을 거야."

여우는 아무렇지 않은 척하며 그곳을 떠났어요.

여우가 저건 ☐☐☐(이)라서 절대 먹을 수 없다고 말하고 ☐☐☐.

★ 친구들이 정리한 일이 일어난 차례를 보고, 찢어진 책장에서 일어난 일에 ○표 하세요.

주제 탐구

일이 일어난 차례를 정리할 때에는 사건의 흐름, 즉 시간의 변화에 따른 사건의 전개 과정을 살펴서 정리할 수 있습니다. 이야기에서 중요한 사건을 생각하며, 사건의 흐름에 맞게 차례를 정리하면 글의 내용을 효과적으로 이해할 수 있습니다.

유형 1 이야기에서 중요한 사건 찾기

이야기의 중심이 되는 중요한 사건이 무엇인지 찾는 문제입니다. 이야기는 중요한 사건을 중심으로 전개됩니다.

부뚜막 부엌 아궁이 위에 솥을 얹는 판판한 곳.

1 이 이야기에서 중요한 사건은 무엇입니까? (　　　)

국어

> 늦은 밤, 가난한 선비의 집에 도둑이 숨어 들어갔습니다. 도둑은 살금살금 돌아다니며 값나갈 물건을 찾았습니다. 그런데 아무리 찾아봐도 집에는 훔쳐갈 만한 것이 없었습니다.
> "뭐 이리 훔칠 게 없담."
> 도둑은 실망스런 표정으로 부엌으로 들어갔습니다. 그리고 부뚜막에 있는 솥뚜껑을 열었는데 언제 밥을 지어 먹었는지 알 수 없을 정도로 싸늘하게 식어 있었습니다.

① 선비가 잠을 잔 일
② 도둑이 솥뚜껑을 연 일
③ 도둑이 부엌에 들어간 일
④ 선비의 집에 도둑이 든 일
⑤ 도둑이 값나가는 물건을 찾은 일

유형 2 가장 마지막에 일어난 일 파악하기

사건의 흐름에 따라 일어난 일의 차례를 살펴보고 가장 마지막에 일어난 일을 파악합니다.

2 이 글에서 가장 마지막에 일어난 일에 ○표 하세요.

국어

> 어느 날, 늑대가 나타나 돼지 삼형제를 잡아먹으려고 했어요. 놀란 아기 돼지들은 각자의 집으로 몸을 숨겼어요.
> 늑대는 짚으로 지은 첫째 돼지의 집을 비웃으며 말했어요.
> "짚으로 된 집이라면 간단하지!"
> 늑대는 입김을 세게 불어서 짚을 날려 버렸어요. 놀란 첫째 돼지는 둘째 돼지의 나무 집으로 도망갔어요. 그러자 이번에도 입김으로 나무 집을 날려 버렸어요. 첫째와 둘째 돼지는 셋째 돼지네 집으로 숨었어요. 늑대는 셋째 돼지의 집에도 입김을 불었어요. 하지만 벽돌로 지은 집이라 꼼짝도 하지 않았지요. 셋째의 벽돌집 덕분에 아기 돼지 삼형제는 무사했답니다.

(1) 늑대가 셋째 돼지의 벽돌집을 날리지 못했다. (　　　)
(2) 늑대가 세게 불어서 첫째 돼지의 집을 날려 버렸다. (　　　)
(3) 늑대가 둘째 돼지의 나무 집을 입김으로 날려 버렸다. (　　　)

3 다음 중 인물이 겪은 일의 순서를 바르게 정리한 것은 무엇입니까? (　　　)

국어

유형 3 **일이 일어난 차례대로 정리하기**

누구와 겪은 일인지 자세히 떠올려 일이 일어난 차례를 한 문장으로 정리하는 문제입니다.

"누가 세상에서 가장 힘이 셀까?"

고민을 하던 생쥐 대왕은 제일 먼저 해님을 찾아갔어요.

"당신의 딸과 결혼하고 싶어요. 난 세상에서 제일 힘이 센 사람과 가족이 되고 싶거든요."

생쥐 대왕의 말에 해님은 구름을 찾아가라고 했어요.

"구름이 나를 덮으면 내 빛도 소용없으니 구름이 나보다 힘이 세지."

해님의 말을 듣고 생쥐 대왕은 구름을 찾아갔어요. 하지만 구름도 고개를 저으며 말했어요.

"난 세상에서 제일 힘이 세지 않아. 나보다 강한 건 바람이지. 바람은 나를 이리저리 흘러가게 하니까."

생쥐 대왕은 구름의 말을 듣고 바람을 찾아 다시 길을 떠났어요. 그리고 바람을 만났지요.

"당신의 딸과 결혼하고 싶어요. 난 지금 가장 힘센 존재를 찾고 있거든요."

"그렇다면 잘못 찾아왔구나."

바람도 고개를 저으며 말했어요.

① 생쥐 대왕은 해님을 만나고 바람과 구름을 찾아갔다.
② 생쥐 대왕은 구름을 만나고 해님과 바람을 찾아갔다.
③ 생쥐 대왕은 바람을 만나고 해님과 구름을 찾아갔다.
④ 생쥐 대왕은 해님을 만나고 구름과 바람을 찾아갔다.
⑤ 생쥐 대왕은 구름을 만나고 바람과 해님을 찾아갔다.

 ★ 일이 일어난 차례를 생각하며 이야기를 읽어 보세요.

●**글의 종류** 이야기(동화)

●**글의 특징** 이 글은 신라 사람인 연오와 세오가 일본으로 건너가 신라의 해와 달이 빛을 잃었다가 세오가 보낸 비단으로 제사를 지내니 해와 달이 빛을 되찾았다는 이야기의 일부분입니다. 주어진 글은 연오와 세오가 바위를 타고 일본의 왕과 왕비가 된 장면입니다.

●**낱말 풀이**
가르며 물, 공기 같은 것을 양옆으로 갈라지게 하며.
희한한 매우 드물거나 색다르고 놀라운.

지문 ★☆☆
낱말 ★★☆

동해 바닷가 마을에 연오와 세오 부부가 살고 있었습니다. 남편 연오는 미역을 캐기 위해 아침 일찍 바다로 갔습니다.

싱싱한 미역을 캔 연오는 잠시 쉬려고 커다란 바위 위로 올라가 앉았습니다. 그런데 갑자기 바위가 움직이기 시작했습니다.

"어이쿠, 이게 무슨 일이지?"

꿈틀대던 바위는 물살을 가르며 동쪽으로 흘러가더니 육지에 가 닿았습니다. 그곳은 바로 일본이었습니다. 바닷가에 살던 일본 사람들은 바위를 타고 연오가 도착하자 깜짝 놀랐습니다.

"세상에 이런 ㉠희한한 일이 있다니."

"저 사람은 분명 하늘에서 보낸 사람일 거야."

일본 사람들은 연오에게 자신들의 왕이 되어 달라고 부탁했습니다. 그래서 연오는 일본의 왕이 되었습니다.

한편 집에서는 세오가 남편 연오가 돌아오기만을 기다리고 있었습니다. 하지만 연오는 늦게까지 돌아오지 않았습니다. 세오는 걱정스런 마음에 바닷가로 나가 보았습니다. 그때 ㉡세오 앞에 커다란 바위가 나타났습니다. 바위 위에는 남편 연오의 신발이 있었습니다. 세오는 그 바위 위로 올라갔습니다. 그러자 바위는 동쪽으로 흘러갔습니다. 바위는 다시 일본에 도착했고, 세오는 연오를 만나 일본의 왕비가 되었습니다.

1 ㉠이 뜻하는 일이 무엇인지 빈칸에 알맞게 쓰세요.

이해

• [ ][ ] 을/를 탄 사람이 바다에서 온 일

2주 3일 학습 끝!

붙임 딱지 붙여요.

2 일본 사람들이 연오에게 왕이 되어 달라고 부탁한 까닭은 무엇입니까? (　　　)

이해

① 왕이 죽고 없어서

② 세오의 남편이라서

③ 연오가 무섭게 생겨서

④ 연오가 능력 있어 보여서

⑤ 연오를 하늘에서 보낸 사람이라고 생각해서

3 일이 일어난 차례대로 ㉮~㉲의 기호를 쓰세요.

구조

㉮ 세오는 연오를 만나 왕비가 된다.

㉯ 큰 바위를 탄 연오가 일본에 도착한다.

㉰ 연오가 큰 바위에 올라앉아 쉬고 있었다.

㉱ 세오가 큰 바위에 있는 연오의 신발을 보았다.

㉲ 일본 사람들의 부탁으로 연오는 일본의 왕이 된다.

(　　　) ➡ (　　　) ➡ (　　　) ➡ (　　　) ➡ (　　　)

4 ㉡을 읽고 상상할 수 있는 장면으로 알맞은 것에 ○표 하세요.

추론

(1)

(2)

(3)

09 글에서 주요 내용 찾는 방법 알기

★ 지도에서 글의 주요 내용을 찾는 방법을 알아내면 보물을 얻을 수 있어요. 길을 따라가면서 여러분이 찾은 보물이 무엇무엇인지 빈칸에 쓰세요. 찾을 수 있는 보물은 모두 4개예요.

주제 탐구

주장하는 글에서 글의 주요 내용은 글쓴이가 하고 싶은 말, 즉 글쓴이의 주장입니다. 글쓴이는 주장을 효과적으로 나타내기 위해 그렇게 말한 까닭을 씁니다. 따라서 글의 주요 내용을 찾을 때에는 글쓴이의 주장과 그렇게 말한 까닭을 찾습니다.

• 내가 찾은 보물은?

유형 1 글의 주요 내용 알기

주장하는 글에서 글쓴이가 하고 싶은 말이 무엇인지 글의 주요 내용을 찾는 문제입니다.

1 이 글의 주요 내용은 무엇입니까? (   )

국어

음료수를 마실 때 많은 사람들이 플라스틱으로 만든 빨대를 사용합니다. 빨대는 음료를 흘리지 않고 먹을 수 있는 편리한 도구입니다. 하지만 주로 플라스틱으로 만들기 때문에 문제가 되고 있습니다.

플라스틱 제품은 거의 썩지 않아 환경을 오염시킵니다. 그리고 동물들이 플라스틱을 삼켜서 목숨을 잃는 일도 많습니다.

이제부터 꼭 필요한 경우에는 종이 빨대나 쌀로 만든 빨대 등을 사용하고 플라스틱 빨대 사용을 줄입시다.

① 동물을 보호하자.
② 플라스틱 빨대를 사용하자.
③ 플라스틱 빨대 사용을 줄이자.
④ 음료를 먹을 때 흘리지 않도록 하자.
⑤ 음료수를 먹을 때만 빨대를 사용하자.

유형 2 글쓴이의 주장과 그렇게 말한 까닭 찾기

글에서 글쓴이의 주장과 그렇게 말한 까닭을 찾는 문제입니다.

2 다음 문장이 글쓴이의 주장이면 '주'라고 쓰고, 까닭이면 '까'라고 쓰세요.

바슬즐

친구 사이에 별명을 부르지 않았으면 좋겠어요. 누구나 부모님께서 지어 주신 소중한 이름이 있는데 이름 대신 별명을 부르는 것은 좋지 않다고 생각해요.

또 별명 중에는 그 사람을 놀리기 위해서 지은 것들이 많아요. 그래서 그런 별명을 들으면 기분이 나빠져요. 결국 별명을 부르는 것 때문에 친구 사이에 싸움이 나기도 하고, 어떤 친구는 속상해서 울기도 해요.

(1) 친구 사이에 별명을 부르지 말자. (   )
(2) 놀리기 위해 별명을 부르기 때문이다. (   )
(3) 별명을 듣고 기분이 나빠서 싸울 수 있다. (   )

3 이 글을 쓴 목적은 무엇입니까? (　　　)

국어

날이 더워지면서 우리 교실에 문제가 생겼습니다. 바로 불쾌한 냄새가 나기 시작했다는 것입니다. 더운 날씨 때문에 땀을 자주 흘리면서 교실에 발 냄새가 폴폴 풍깁니다. 어떤 발 냄새는 정말 고약합니다. 쾌적한 교실 환경을 만들기 위해서 우리 모두 발 냄새를 없애도록 노력해야 합니다.

제일 먼저 할 일은 발을 깨끗이 닦는 것입니다. 몸에 찌든 땀이 계속 남아 있으면 불쾌한 냄새가 나게 되므로 매일 발을 깨끗이 씻습니다.

두 번째는 깨끗한 실내화를 신는 것입니다. 실내화에 발 냄새가 배면 발이 깨끗해도 냄새가 날 수 있습니다. 그러므로 실내화를 자주 빨아 신어 발 냄새를 줄여야 합니다.

세 번째는 창문을 열어서 자주 환기를 하는 것입니다. 창문을 열면 교실 안 공기와 바깥 공기가 순환을 해서 냄새를 없애는 데 효과적입니다.

① 발을 잘 닦자고 주장하기 위해서
② 교실 청소의 중요성을 알리기 위해서
③ 발 냄새가 나는 이유를 알려 주기 위해서
④ 교실을 멋지게 꾸미자고 주장하기 위해서
⑤ 교실에서 발 냄새를 없애자고 주장하기 위해서

유형 3 주요 내용에서 글을 쓴 목적 찾기

글의 주요 내용을 바탕으로 글을 쓴 목적을 찾는 문제입니다.

고약합니다 맛, 냄새 따위가 비위에 거슬리게 나쁩니다.
환기 나쁜 공기를 맑은 공기로 바꾸는 것.
순환 되풀이하여 도는 것.

●**글의 종류** 주장하는 글(논설문)

●**글의 특징** 이 글은 안중근 의사의 말을 빌려 매일 조금씩이라도 책을 읽자고 주장하는 글입니다.

●**중심 내용**
1문단 안중근 의사는 책을 읽지 않으면 거친 말을 하게 된다고 말했음.
2문단 매일 책을 읽으며 자신의 마음과 행동을 가다듬는 시간을 갖는다면 거친 말이 줄어들 것임.
3문단 매일 책을 읽으면 다른 사람을 이해하는 마음도 커짐.
4문단 매일 조금씩 책을 읽는 습관이 필요함.

●**낱말 풀이**
온화하지 성격, 태도 같은 것이 온순하고 부드럽지.

지문 ★★☆

낱말 ★★☆

㉠

여러분은 매일 책을 읽고 있나요? 독립운동가 안중근 의사는 "하루라도 책을 읽지 않으면 입 안에 가시가 돋는다."고 말했습니다. '입 안에 가시가 돋는다'는 말은 가시 돋친 말을 하게 된다는 뜻입니다. '가시 돋친 말'이란 거친 말을 뜻하지요.

그럼, 언제 가시 돋친 말을 하게 될까요? 바로 마음이 온화하지 않을 때입니다. 하지만 매일 책을 읽으며 자신의 마음과 행동을 가다듬는 시간을 갖는다면 거친 말은 훨씬 줄어들 것입니다. ㉡싸움이란 보통 가시 돋친 말에서 시작되니 매일 책을 읽어 거친 말이 사라진다면 사람들 사이의 다툼도 줄어들 것입니다.

매일 책을 읽으면 다른 사람을 이해하는 마음도 커집니다. 책을 통해 다양한 삶을 엿보면서 다른 사람을 이해하는 마음이 커지기 때문입니다. 동화 속에 나오는 인물들을 보다 보면 친구나 가족의 모습이 떠오를 때가 있습니다. 책을 읽으면서 친구와 가족의 마음을 이해하게 되는 것입니다. 그러다 보면 다른 사람을 이해하는 마음이 자연스럽게 커지게 됩니다.

요즘에는 스마트폰을 보느라 책을 읽는 사람이 많이 줄었습니다. 매일 스마트폰을 보듯이 책을 읽어서 자신과 주변을 돌아보고, 생각하는 시간을 가졌으면 좋겠습니다. 한 권을 다 읽지는 못하더라도 매일 조금씩 책을 읽는 습관이 필요합니다.

붙임 딱지 붙여요.

1 ㉠에 들어갈 제목으로 알맞은 것은 무엇입니까? (　　　)

이해

① 매일 책을 읽자
② 스마트폰을 없애자
③ 거친 말을 쓰지 말자
④ 책을 소중하게 다루자
⑤ 안중근 의사를 존경하자

2 ㉡의 상황에 어울리는 속담은 무엇입니까? (　　　)

어휘

① 백지장도 맞들면 낫다.
② 소 잃고 외양간 고친다.
③ 발 없는 말이 천 리 간다.
④ 낫 놓고 기역자도 모른다.
⑤ 가는 말이 고와야 오는 말이 곱다.

3 매일 책을 읽으면 어떤 점이 좋다고 하였는지 보기에서 <u>모두</u> 골라 기호를 쓰세요. (　　　　　　)

이해

보기
㉮ 거친 말이 줄어든다.
㉯ 환경 문제가 해결된다.
㉰ 거친 말을 배울 수 있다.
㉱ 다른 사람을 이해하는 마음이 커진다.

4 글쓴이가 이 글을 쓴 목적을 알맞게 말한 것에 ○표 하세요.

추론

(1) 안중근 의사를 소개하고 싶어서 글을 썼어.

(2) 책을 읽자고 주장하려고 글을 썼어.

(3) 싸운 친구에게 사과하려고 글을 썼어.

10 글을 읽고 주요 내용 찾기

2주

★ 그림에 알맞은 주장을 찾으면서 미로를 따라가 보세요. 그리고 마지막으로 도착한 곳에 있는 성의 이름을 빈칸에 쓰세요.

주제 탐구

글의 주요 내용을 찾기 위해서 가장 먼저 제목을 봅니다. 제목을 통해 무엇에 관한 내용인지 짐작하고 주요 내용을 알아봅니다. 글의 내용과 비슷한 경험을 떠올려 보고 자신이 알고 있는 지식도 생각해 봅니다.

유형 1 제목을 보고 주요 내용 찾기

글의 제목을 보고 글의 주요 내용을 짐작하는 문제입니다. 글의 제목은 글 전체의 내용을 간단하게 담고 있어서 주요 내용을 찾을 때 도움이 됩니다.

1 국어 **제목에서 알 수 있는 글의 주요 내용은 무엇입니까? (　　　)**

거짓말은 나빠요

며칠 전 학원에 가지 않고 친구들이랑 놀았어요. 엄마한테는 학원에 다녀왔다고 거짓말을 했지요. 그런데 거짓말을 하고 나니 엄마가 내 이름을 부를 때마다 가슴이 떨렸어요. 내가 좋아하는 간식을 엄마가 주실 때는 미안한 마음까지 들었어요. 친구들과 재미있었던 시간은 한 시간 뿐이었는데 거짓말을 하고 나니 오랫동안 마음이 불편했어요. 거짓말은 다른 사람에게만 나쁜 것이 아니라 나에게 가장 나쁜 것이란 생각이 들었어요. 거짓말을 하지 말아야겠어요.

① 공부를 열심히 하자.
② 거짓말을 하지 말자.
③ 엄마의 말을 잘 듣자.
④ 거짓말은 한 번만 하자.
⑤ 친구들과 사이좋게 지내자.

유형 2 주요 내용 중 글쓴이의 주장 찾기

글쓴이의 주장을 찾아 주요 내용을 파악하는 문제입니다.

2 바슬즐 **㉠~㉤ 중 글쓴이의 주장이 나타난 문장을 골라 기호를 쓰세요.**

(　　　)

㉠장난감을 가지고 노는 것은 정말 재미있습니다. 친구들은 블록으로 멋진 성을 만들기도 하고, 인형을 예쁘게 꾸며 주며 놀기도 합니다. 하지만 ㉡장난감이라고 다 좋은 것은 아닙니다. ㉢위험한 장난감은 가지고 놀지 말아야 합니다. ㉣장난감 중에는 작은 총알을 넣어서 쏘는 총이 있습니다. 아이들은 총놀이를 하며 실감이 난다며 좋아하지만 사실 위험할 때가 많습니다. ㉤친구가 쏜 총알을 얼굴에 맞아서 다친 아이도 있고, 놀면서 쏜 총알이 이리저리 날아가 지나가던 사람을 맞힌 일도 있습니다. 장난감이 위험한 무기가 된 것입니다.

3 다음 글쓴이의 주장을 보고, 그렇게 말한 까닭을 찾아 모두 ○표 하세요.

바슬즐

우리가 사는 지구는 매우 소중합니다. 지구를 지키기 위해서 우리가 할 수 있는 일은 무엇일까요? 그것은 바로 재활용 쓰레기를 분리해서 버리는 것입니다.

재활용 쓰레기를 잘 분리하면 우선 쓰레기를 줄일 수 있습니다. 쓰레기 더미로 산을 이룬 모습은 지구 곳곳에서 볼 수 있습니다. 하지만 그 쓰레기 중에 우리가 다시 사용할 수 있는 것들이 많이 있습니다. 쓸 수 있는 쓰레기를 골라낸다면 땅에 묻거나 태워야 하는 쓰레기가 줄어듭니다.

또 자원을 아낄 수 있습니다. 함부로 버려지는 우유갑이나 신문을 재활용하여 다시 종이를 만들 수 있습니다. 그러면 종이를 만들기 위해 나무를 베는 것도 줄어들 것입니다. 음료수를 담는 유리병이나 깡통도 재활용이 가능합니다. 플라스틱도 마찬가지입니다.

분리해서 버리지 않고 함부로 버리면 이것들은 모두 쓰레기가 되어 지구를 오염시키지만 분리해서 버리면 자원이 된다는 것을 잊지 맙시다.

재활용 쓰레기를 분리해서 버리자!

(1) 품질이 더 좋아진다. (　　) (2) 자원을 아낄 수 있다. (　　)

(3) 자원 재활용이 가능하다. (　　) (4) 쓰레기를 줄일 수 있다. (　　)

유형 3 글쓴이의 주장에 대한 까닭 파악하기

주장하는 글에서 글쓴이의 주장과 그렇게 생각하는 까닭을 찾아 주요 내용을 찾는 문제입니다.

자원 석유, 나무 등처럼 사람이 살아가는 데 쓰는 것.

● **글의 종류** 주장하는 글(논설문)

● **글의 특징** 이 글은 조선 시대에 유명한 부자였던 최 부자가 마을 사람들과 곡식을 나누었던 삶의 자세를 보여 주며 나누는 삶을 살자고 주장하는 글입니다.

● **중심 내용**

1문단 조선 시대에 유명했던 최 부자는 항상 가난한 사람들과 곡식을 나누었음.

2문단 최 부자처럼 우리 사회도 서로 나누며 살 때 더 살기 좋아짐.

3문단 나눔은 받는 사람과 나누어 주는 사람을 모두 행복하게 만들므로, 우리 모두 나누는 삶을 살도록 노력해야 함.

● **낱말 풀이**

곳간 물건을 간직하여 두는 곳을 이름.

근심 해결되지 않은 일 때문에 걱정하거나 우울해함.

모두가 행복한 나눔

조선 시대에 아주 유명한 최 부자가 있었습니다. 최 부자가 유명한 것은 돈이 많아서가 아닙니다. 최 부자가 사는 마을 근처에 굶주리는 사람이 없었기 때문입니다. 최 부자는 곳간에 쌓인 쌀을 언제나 가난한 사람들과 나누었습니다. 그래서 최 부자네 마을에는 도둑이 없었고, 근심도 없었습니다.

최 부자는 왜 자신의 재산을 다른 사람들과 나눴을까요? 그것은 함께 잘살아야 자신도 잘살 수 있기 때문입니다. 재산이 많았지만 주위 사람과 나누며 살았더니 도둑 걱정 없이 이웃과 더불어 살 수 있었던 것입니다. 이것은 지금의 우리 사회에서도 마찬가지입니다. 서로 나누며 살 때 세상은 더 살기 좋은 곳이 됩니다.

또 나눔은 나눔을 받는 사람도, 나누어 주는 사람도 행복하게 만들어 줍니다. 나눌 수 있는 것은 돈뿐만 아니라 매우 다양합니다. 무거운 물건을 들고 가는 친구를 도왔다면 이것도 나눔을 실천한 것입니다. 비록 무거운 짐을 들어 힘들지만 기쁜 마음이 들고, 도움을 받는 사람도 고마움을 느낍니다. 이것은 모두를 행복하게 만듭니다. 그래서 나눌수록 사람들은 더 행복해집니다. 우리 모두 나누는 삶을 살도록 노력합시다.

지문 ★★☆

낱말 ★★☆

1 제목에서 짐작할 수 있는 내용이 아닌 것의 기호를 쓰세요. (　　　　)

추론

㉮ 나눔의 좋은 점　　㉯ 과소비의 문제점

㉰ 나눌 때 느끼는 행복　　㉱ 나눔을 실천한 사람들

붙임 딱지 붙여요.

2 최 부자가 유명했던 까닭은 무엇입니까? (　　　　)

이해

① 최고의 부자라서

② 가장 행복한 사람이어서

③ 도둑을 가장 많이 잡아서

④ 부자들 중에서 농사를 제일 잘 지어서

⑤ 늘 곡식을 가난한 사람들에게 나누어 주어서

3 글쓴이의 주장으로 가장 알맞은 것은 무엇입니까? (　　　　)

이해

① 부자가 되자.　　② 나그네를 돕자.

③ 서로 나누며 살자.　　④ 최 부자를 기억하자.

⑤ 먹을 것은 반드시 나눠 먹자.

4 이 글을 읽고 난 생각으로 알맞지 않은 것에 ○표 하세요.

비판

(1) 최 부자는 나눠 준 곡식이 아까웠을 거야.

(2) 마을 사람들은 최 부자를 존경했을 거야.

(3) 나도 나누면 행복해진다는 것을 알았어.

독해 플러스

2주

헷갈리는 우리말

'다르다'와 '틀리다'는 서로 다른 말이지만 구별하기 힘들 때가 많아요. '다르다'는 '비교가 되는 두 사람이나 사물이 서로 같지 않다.'라는 뜻이고, '틀리다'는 '셈이나 사실 따위가 그르게 되거나 어긋나다.'라는 뜻이에요. 지구인 아이는 '다르다'는 뜻을 '틀리다'로 잘못 쓰고 있어요.

헷갈리기 쉬운 우리말

- **틀리다** '계산이나 사실 등이 맞지 않다.'는 뜻이에요.
- **다르다** '어떤 점이 서로 같지 않다.'는 뜻이에요.

- **잊어버리다** '기억해 두어야 할 것을 한순간 전혀 생각해 내지 못하다.'라는 뜻이에요.
- **잃어버리다** '가졌던 물건이 자신도 모르게 없어져서 그것을 아주 갖지 않게 되다.' 라는 뜻이에요.

- **맞추다** '어떤 기준이나 정도에 맞게 하다.'라는 뜻이에요.
- **맞히다** '문제에 알맞은 정답을 대다, 화살 등을 목표물에 맞게 하다.'라는 뜻이에요.

1 둘 중 알맞은 표현을 찾아 ○표 하세요.

2 다음 밑줄 친 낱말을 바르게 고쳐 쓰세요.

(1) <u>**잊어버린**</u> 가방을 찾았다. ➡ (   )

(2) 사냥꾼은 화살을 한가운데 <u>**맞추었다**</u>. ➡ (   )

(3) 동생과 나는 좋아하는 장난감이 <u>**틀립니다**</u>. ➡ (   )

이번 주 나의 독해력은?		
	이번 주 학습을 모두 끝마쳤나요?	
	일이 일어난 차례대로 이야기를 정리할 수 있나요?	
	글을 읽고 주요 내용을 찾을 수 있나요?	

정답 1. 다르네, 다르고, 달라 2. (1) 잃어버린 (2) 맞히었다. (3) 다릅니다.

PART 2

추론 독해

글에 숨겨진 정보를 짐작해 보고 생략된 내용이나 숨겨진 주제,
글을 쓴 목적을 찾아보며 읽어요.
그리고 글에 드러난 관점이나 글쓴이의 주장과 근거,
표현 방법 등을 비판하며 읽는 방법도 배워요.

contents

11 시를 읽고 시의 장면 떠올리기

★ 장면을 떠올리며 이 시를 읽어 보세요.

방패연이 걸어 놓은 빨랫줄

오순택

방패연이
하늘에 걸어 놓은

팽팽한
빨랫줄.

해님이
물 먹은 구름을

탈탈 털며
널고 있다.

★ 이 시를 읽고 떠올릴 수 있는 장면을 찾아 ○표 하세요.

주제 탐구

시를 읽고 장면을 떠올리는 것은 시의 내용이나 느낌을 그림처럼 상상하는 것입니다. 시를 읽고 장면을 떠올릴 때에는 시의 내용을 생각하며 떠올립니다. 그리고 시 속 인물의 마음이나 자신의 경험을 생각하며 장면을 떠올릴 수도 있습니다.

유형 1 시의 내용을 생각하며 장면 떠올리기

시를 읽고 시의 내용을 생각하며 장면을 떠올려 봅니다.

하안다 '한다'의 시적 표현을 뜻함.
이내 그때에 곧. 또는 지체함이 없이 바로.

1 이 시를 읽고 떠올린 장면에 ○표 하세요.

국어

토끼와 귀

박목월

애기 토끼 모여서
숨바꼭질 하안다.

바위 뒤에 숨었다.
하얀 귀 보인다.

나무 뒤에 숨었다.
하얀 귀 보인다.

숨기는 숨어도
하얀 귀가 보여서
에그, 술래한테
이내 잡혔다.

유형 2 시 속 인물의 마음을 생각하며 장면 떠올리기

시를 읽고 시 속 인물의 마음을 생각하며 장면을 떠올려 봅니다.

2 시 속 인물의 마음을 생각하며 떠올린 장면에 ○표 하세요.

국어

키 대보기

윤석중

누구 키가 더 큰가
어디 한번 대보자.

올라서면 안 된다.
발을 들면 안 된다.

똑같구나 똑같애.
내일 다시 대보자.

(1) 친구와 다투는 장면 (　　)
(2) 키를 대보기 귀찮아하는 장면 (　　)
(3) 키를 대볼 때 더 크게 보이려 발꿈치를 든 장면 (　　)

3 이 시를 읽고 일상생활에서 비슷한 경험을 떠올린 친구는 누구입니까? (　　　)

국어

빗자루

윤동주

요리조리 베면 저고리 되고
이렇게 베면 큰 총 되지.
누나하고 나하고
가위로 종이 쏠았더니
어머니가 빗자루 들고
누나 하나 나 하나
볼기짝을 때렸소
방바닥이 어지럽다고

아니 아니
고놈의 빗자루가
방바닥 쓸기 싫으니
그랬지 그랬어
괘씸하여 벽장 속에 감췄더니
이튿날 아침 빗자루가 없다고
어머니가 야단이지요.

① 상희: 빗자루로 마당을 쓸어서 칭찬받은 적이 있어.
② 재연: 놀다가 다쳐서 부모님이 걱정을 하신 적이 있어.
③ 경훈: 내가 장난을 쳐서 엄마가 깜짝 놀라신 적이 있어.
④ 호준: 학교에서 장난을 치다 선생님께 벌을 받은 적이 있어.
⑤ 민호: 동생과 놀다가 집을 어지럽혀서 부모님께 혼난 적이 있어.

유형 3 자신의 경험을 생각하며 장면 떠올리기
시를 읽고 자신의 경험을 생각하며 장면을 떠올릴 수 있는지 파악하는 문제입니다.

쏠았더니 '썰었더니'의 강원, 함경 방언.
괘씸하여 하는 짓이 고약해 못마땅하고 얄미워.
벽장 벽을 뚫어 작은 문을 내고 그 안에 물건을 넣어 두게 만든 장.

★ 시의 장면을 떠올리며 읽어 보세요.

●**글의 종류** 동시

●**글의 특징** 이 시는 아이들이 숨바꼭질을 하며 노는 모습을 말하듯이 재미있게 표현하였습니다.

●**중심 내용**
1연, 5연 술래가 되어 하는 말이 나타남.
2연 상추 씨앗을 밟으면 안 되니까 텃밭에 숨으면 안 된다고 말함.
3연 꽃모종을 밟으면 안 되니까 꽃밭에 숨으면 안 된다고 말함.
4연 호박순을 밟으면 안 되니까 울타리에 숨으면 안 된다고 말함.
6~8연 장독대에 숨은 친구, 방앗간에 숨은 친구, 기둥 뒤에 숨은 친구를 찾음.

●**낱말 풀이**
꽃모종 옮겨 심으려고 가꾼 어린 꽃이나 꽃나무.
종종머리 여자아이들의 머리를 땋는 방법의 하나.
까까중 머리털을 아주 짧게 깎은 중. 또는 그런 머리.
방앗간 방아로 곡식을 찧거나 빻는 곳.
금박 금이나 금빛 나는 재료를 종이처럼 얇게 만든 것.
댕기 길게 땋은 머리끝에 드리는 장식용 헝겊이나 끈.

지문 ★☆☆

낱말 ★★☆

숨바꼭질

윤복진

꼬옥꼬옥 숨어라
꼬옥꼬옥 숨어라

텃밭에는 안 된다,
상추 씨앗 밟는다,

꽃밭에도 안 된다,
꽃모종을 밟는다,

울타리도 안 된다,
호박순을 밟는다.

꼬옥꼬옥 숨어라
꼬옥꼬옥 숨어라

종종머리 찾았다,
장독 뒤에 숨었네,

까까중을 찾았다,
방앗간에 숨었네,

금박 댕기 찾았다,
기둥 뒤에 숨었네.

1 시 속에 나오는 인물을 모두 고르세요. (   )

이해

① 안경을 쓴 아이
② 금박 댕기를 한 아이
③ 종종머리를 한 아이
④ 까까중머리를 한 아이
⑤ 파란 옷을 입은 아이

붙임 딱지 붙여요.

2 시 속 인물이 한 말과 그 까닭을 선으로 이으세요.

이해

(1) 텃밭에는 안 된다. •	• ① 호박순을 밟는다.
(2) 꽃밭에도 안 된다. •	• ② 꽃모종을 밟는다.
(3) 울타리도 안 된다. •	• ③ 상추 씨앗을 밟는다.

3 이 시를 읽고 떠올릴 수 있는 장면의 기호를 쓰세요. (   )

추론

4 이 시에 대한 생각이나 느낌으로 맞으면 ○표, 틀리면 ×표 하세요.

비판

(1) 숨바꼭질하는 모습이 생생하게 느껴졌어. (   )
(2) 나도 같이 숨바꼭질을 하고 싶은 마음이 들었어. (   )
(3) 어디에서 숨바꼭질을 하는지 전혀 알 수 없었어. (   )

3주

12 이야기의 장면 떠올리기

★ 「벌거벗은 임금님」의 일부분을 읽고 떠오르는 장면에 ○표 하세요.

옛날옛날에 멋진 옷 입기를 좋아하는 임금님이 살고 있었어요. 임금님은 세상에게 가장 옷을 잘 만든다는 재봉사가 나타나자 당장 옷을 만들어 달라고 부탁했지요. 하지만 재봉사는 옷을 만드는 시늉만 할 뿐이었어요.

드디어 새 옷을 입기로 한 날, 재봉사는 빈손이었지만 옷을 들고 있는 듯 행동했어요. 그리고 "이 옷은 착한 사람의 눈에만 보이는 것입니다."라고 말했지요. 임금님은 옷이 멋지다고 해야 할지, 옷이 어디 있느냐고 해야 할지 고민스러웠어요.

벌거벗은 임금님이 신하들과 함께 백성들 앞으로 나갔어요. 사람들은 임금님의 모습을 보고 웃음을 참느라 애를 썼지요. 임금님은 멋진 왕관만 쓰고 벌거벗고 있었거든요. 그때 한 아이의 목소리가 들려왔어요.

"어, 벌거벗은 임금님이다!"

아이의 말에 임금님의 얼굴이 빨개졌어요.

한스 크리스티안 안데르센, 「벌거벗은 임금님」

주제 탐구

이야기의 장면을 떠올릴 때에는 우선 이야기의 내용을 파악합니다. 그리고 인물의 모습이나 행동, 일어난 일 등을 구체적인 장면으로 떠올려 봅니다. 장면을 떠올리며 읽으면 이야기를 오래 기억할 수 있고, 이야기를 자세히 읽게 됩니다.

유형 1 **이야기를 읽고 내용 파악하기**

이야기를 읽고 내용을 이해하였는지 알아보는 문제입니다.

금고 돈이나 귀중품 등을 넣어 두는 상자.
곤히 몹시 고단하여 깊이 잠든 상태로.

1 아들이 보석을 팔 수 없다고 한 까닭을 빈칸에 알맞게 쓰세요.

국어

아들은 금고에 있는 보석을 팔아 다시 배를 사야겠다고 생각했어요. 마침 이웃 나라에서 온 노인이 보석을 사겠다고 나섰어요. 집으로 온 아들은 금고 열쇠를 찾았어요. 그런데 아버지가 열쇠를 베개 밑에 두고 낮잠을 주무시고 계셨어요. 아들은 곤히 주무시는 아버지를 차마 깨울 수 없었어요. 결국 아들은 보석을 팔 수 없다고 노인에게 말했어요. 아들에겐 아버지를 편하게 하는 것이 가장 좋은 효도였기 때문이에요.

『탈무드』

• ☐☐ ☐☐을/를 꺼내려면 ☐☐☐을/를 깨워야 해서이다.

유형 2 **인물의 모습과 어울리는 장면 떠올리기**

인물의 마음과 상황 등을 살피면서 인물의 모습과 어울리는 장면을 떠올릴 수 있는지 파악하는 문제입니다.

2 왕개구리의 모습을 떠올린 것으로 알맞은 장면에 ○표 하세요.

국어

물을 마시러 온 소를 본 아기 개구리들은 깜짝 놀랐어요.
"우아, 정말 큰 동물을 보았어."
"그렇게 큰 동물을 본 개구리는 우리뿐일 거야."
그때 왕개구리 한 마리가 아기 개구리에게 다가와 물었어요.
"얼마나 크더냐? 나만 하더냐?"
아기 개구리들은 고개를 저었어요. 그러자 왕개구리는 힘껏 배를 부풀렸어요.

3 ㉠에서 떠올릴 수 있는 장면으로 알맞은 것에 ○표 하세요.

국어

유형 3 상황에 맞는 장면 떠올리기

이야기의 상황에 맞는 장면을 떠올릴 수 있는지 파악하는 문제입니다.

잠시 후, 문이 스르륵 열리더니 갑자기 제사상에 있던 음식이 줄어들기 시작했어요. 농부는 누군가 음식을 먹고 있는데 눈에 보이지 않아서 답답했어요. 그래서 몽둥이를 마구 휘둘렀어요.

제사상에 있는 음식을 먹고 있던 도깨비들은 깜짝 놀라 달아나기 시작했어요. 그런데 서로 먼저 도망치려다 문에 끼이고 부딪혀 도깨비감투가 벗겨지고 말았어요. 그 바람에 도깨비들의 모습이 불빛 아래 훤히 드러났어요.

"이제 보니 네놈들 짓이었구나!"

농부가 다시 몽둥이를 높이 들자 도깨비들은 감투를 줍지도 못하고 달아나 버렸어요.

㉠ 농부는 방바닥에 떨어진 감투를 집어서 머리에 써 보았어요. 그때 마침 농부의 아내가 방에 들어왔어요.

"여보, 어디 있어요? 방금 요란한 소리가 나던데……."

농부의 아내는 바로 앞에 농부를 두고도 보이지 않아서 두리번거리기만 했어요.

(1)

(2)

(3)

(4)

●**글의 종류** 이야기(동화)

●**글의 특징** 이 글은 북풍과 남풍에게 괴롭힘을 당하는 느티나무에 대한 이야기로, 남과 북으로 나누어진 우리나라의 상황을 느티나무에 빗대어 이야기합니다.

●**낱말 풀이**
항복하지 적이나 상대편의 힘에 눌리어 굴복하지.
정복하지 몹시 어렵고 힘든 대상을 뜻대로 다룰 수 있게 되지.
기세 기운차게 뻗치는 모양이나 상태.

지문 ★☆☆

낱말 ★★☆

느티나무엔 이름 모를 많은 새들이 날아와 흥겹게 재잘대었습니다.

느티나무는 정말 이렇게 새들과 짐승들의 즐거운 놀이터가 되고 사람들의 쉬는 장소로서 만족했습니다. 그것이 느티나무가 지닌 따뜻한 마음씨 전부였습니다. 그러나 느티나무는 그 조그맣고 알뜰한 마음씨를 괴롭히는 심술궂은 바람 때문에 몹시 괴로웠습니다. 북쪽에서 불어오는 북풍과 남쪽에서 불어오는 남풍이 바로 나쁜 악마들이었습니다. 북풍은 눈보라와 함께 매서운 바람을 몰고 와서 큰소리치는 것이었습니다.

㉠"느티나무야, 항복하지 않겠냐? 내가 너의 뿌리를 뿌리째 뽑아 버리기 전에 어서 내 말을 듣는 것이 좋을 게다."

그러나 느티나무는 꿋꿋이 ㉡버티었습니다.

"북풍아, 나는 하느님이 이 세상을 만드실 때, 이 조그만 언덕을 지키는 나무로 심어 주셨단다. 누구에게도 이 언덕을 내어 줄 수 없어. 여기 모여드는 새들과 산짐승들과 사람들, 모두가 함께 이 언덕을 지킬 거야."

북풍은 좀처럼 이 느티나무를 정복하지 못했습니다. 북풍이 기세를 좀 죽이고 나면, 이번에는 남풍이 사나운 태풍을 몰고 왔습니다. 남풍도 북풍과 꼭같은 말을 하면서 항복하기를 요구했습니다. 그러나 역시 느티나무는 당당하게 버티었습니다.

권정생, 「가엾은 나무」

1 북풍과 남풍이 느티나무에게 한 일을 찾아 선으로 이으세요.

이해

(1) 북풍 •	• ① 사나운 태풍을 몰고 와 항복하라고 했다.
(2) 남풍 •	• ② 눈보라와 매서운 바람을 몰고 와 정복하려고 했다.

3주 2일 학습 끝!

붙임 딱지 붙여요.

2 ㉠에서 떠올릴 수 있는 장면으로 알맞은 것에 ○표 하세요.

추론

(1)

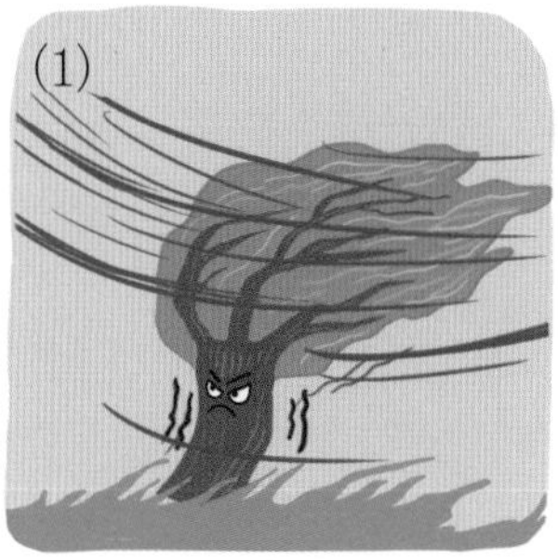

(2)

(3)

3 ㉡과 바꾸어 쓸 수 있는 말을 보기에서 골라 쓰세요.

어휘

보기

버렸습니다. 겨루었습니다. 견디었습니다. 비추었습니다.

( )

4 이 글을 읽고 자신의 생각이나 느낌을 말한 것으로 알맞지 않은 것은 무엇입니까? ( )

비판

① 남풍이 불어서 시원할 것 같아.

② 다 함께 사이좋게 살았으면 좋겠어.

③ 나도 느티나무를 지켜 주고 싶은 마음이야.

④ 북풍이나 남풍 같은 악마는 없어졌으면 좋겠어.

⑤ 자기가 맡은 일을 하기 위해 노력하는 느티나무가 대단해.

3주

13

설명하는 글에 대해 알기

★ 설명하는 글을 쓰는 방법에 알맞은 낱말을 골라 ○표 하세요.

★ 둘 중 설명하는 대상에 알맞은 표현에 ○표 하세요.

주제 탐구

설명하는 글은 정보나 지식을 사실대로 전달하는 글입니다. 따라서 읽는 이가 이해하기 쉽고, 정확한 표현으로 써야 합니다. 설명하는 글을 읽을 때에는 우선 설명하는 대상을 찾고, 설명하는 내용을 이해하면서 중요한 내용을 정리합니다.

유형 1 설명하는 대상 찾기

설명하는 글을 읽고 설명하는 대상이 무엇인지 찾는 문제입니다. 제목이나 글에 자주 나오는 낱말을 통해 짐작할 수 있습니다.

약재 약을 짓는 데 쓰는 재료를 뜻함.

1 이 글에서 설명하는 것을 찾아 쓰세요.

국어

시장은 물건을 사고파는 곳입니다. 어떤 물건을 파느냐에 따라 농산물 시장, 수산물 시장, 약재 시장 등으로 나누어집니다. 농산물 시장은 곡식과 채소, 과일 등을 팔고, 수산물 시장은 바다나 강에서 나는 물고기, 조개, 미역 등을 팝니다. 약재 시장은 약으로 쓰이는 열매나 약재를 파는 곳입니다. 사람들은 자신이 필요한 물건에 따라 시장을 찾아갑니다.

(　　　　　　　　　　)

유형 2 글에서 설명하는 내용 파악하기

글에서 설명하려는 대상에 대해 어떤 내용을 설명하는지 파악합니다.

소화시킬 섭취한 음식물을 분해하여 영양분을 흡수하기 쉬운 형태로 변화시킬.
고약한 맛, 냄새 따위가 비위에 거슬리게 나쁜.
발사하는데 활이나 총포, 로켓이나 광선 같은 것을 쏘는데.

2 이 글의 내용으로 알맞지 않은 것은 무엇입니까? (　　　)

바슬즐

세상에는 놀라운 식물과 동물이 많아요. 예를 들면, '파리지옥'은 식물이지만 그 이름처럼 파리를 잡아먹어요. 식물이 파리를 먹다니 참 신기하지요? 그것은 파리지옥의 소화액이 파리의 몸을 소화시킬 수 있기 때문이에요. 파리지옥은 파리뿐만 아니라 거미나 달팽이도 잡아먹어요. 파리지옥에 난 털을 거미나 달팽이가 건드리면 잎을 꽉 오므려서 잡아먹는답니다.

또 스컹크는 몸집이 작고 귀엽게 생겼지만 놀라운 무기를 가지고 있어요. 바로 폭탄과 같은 강력한 냄새예요. 스컹크는 위험에 처하면 고약한 냄새를 발사하는데, 그 냄새는 폭탄이 터진 것처럼 잠시 눈을 안 보이게 할 수도 있고, 숨을 못 쉬게 할 수도 있어요.

① 파리지옥은 식물이다.
② 파리지옥은 파리만 먹는다.
③ 스컹크는 몸집이 작은 동물이다.
④ 스컹크는 위험에 처하면 고약한 냄새를 발사한다.
⑤ 파리지옥의 소화액은 파리의 몸을 소화시킬 수 있다.

3 이 글을 읽고 '가야금'과 '거문고'의 공통점을 모두 골라 ○표 하세요.

바슬즐

우리나라의 대표적인 전통 악기로 가야금과 거문고가 있습니다. 가야금과 거문고는 모두 양반다리를 하고 앉아서 연주를 해서 언뜻 보기에는 비슷합니다. 하지만 그 소리를 들으면 정말 다릅니다.

가야금은 12줄로 된 현악기입니다. 명주실을 꼬아 이은 줄을 손으로 뜯어서 소리를 냅니다. 가야금의 소리는 맑고 높아서 여성적인 소리라고 말합니다.

반면 거문고는 6줄로 된 현악기입니다. 가야금과 마찬가지로 명주실을 꼬아 만든 줄로 되어 있습니다. 거문고를 연주할 때에는 한 손에 볼펜 만한 나무를 쥐고 현을 뜯습니다. 이것을 '술대'라고 합니다. 거문고는 굵고 낮은 소리가 나서 남성적인 소리라고 말합니다.

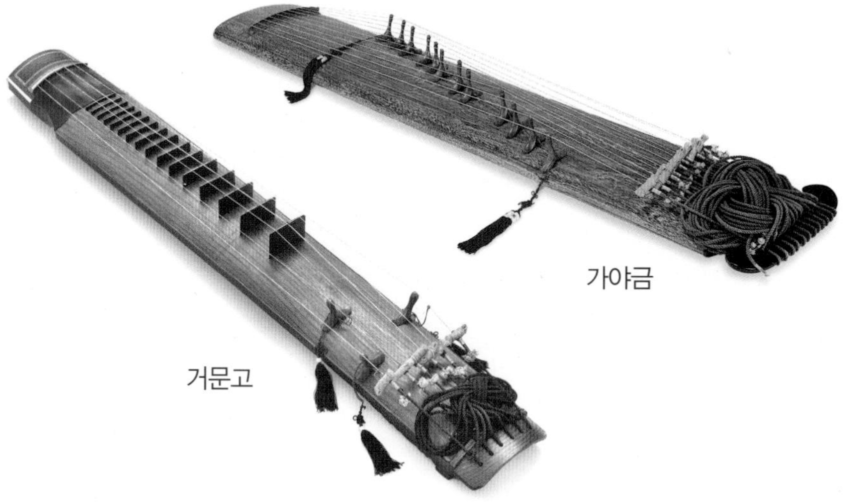

(1) 모두 현악기이다. ( )

(2) 내는 소리가 비슷하다. ( )

(3) 둘 다 손으로 줄을 뜯어서 소리를 낸다. ( )

(4) 둘 다 명주실을 꼬아 만든 줄로 되어 있다. ( )

유형 3 세부 정보 확인하기

글쓴이가 설명한 거문고와 가야금의 공통점과 차이점을 살펴보고 알맞은 것을 고릅니다.

언뜻 지나는 결에 잠깐 나타나는 모양.
현악기 현을 켜거나 타서 소리를 내는 악기.
명주실 누에고치에서 뽑은 가늘고 고운 실.
뜯어서 현악기의 줄을 퉁겨 소리를 내어서.
현 현악기에서 소리를 내는 가늘고 긴 물건.

●글의 종류 설명하는 글(설명문)

●글의 특징 이 글은 경복궁에 대해 설명하는 글로, 경복궁에 있는 근정전, 강녕전, 교태전, 사정전, 동궁전의 쓰임새에 대해 자세히 알려 주고 있습니다.

●중심 내용
1문단 경복궁은 왕이 살던 궁궐이고 그 안에 있는 건물은 각각 쓰임새와 이름이 다름.
2문단 근정전은 나라의 중요한 행사가 열리는 곳임.
3문단 사정전은 왕의 사무실이고, 강녕전은 왕의 침실임.
4문단 교태전은 왕비가 지내는 곳이고, 동궁전은 세자가 지내는 곳임.

●낱말 풀이
웅장한 규모 따위가 거대하고 성대한.
강녕하소서 몸이 건강하고 마음이 편안하소서.
세자 임금의 자리를 이을 임금의 아들.
문안 웃어른에게 안부를 여쭙는 인사.
왕실 임금의 집안.

지문 ★★☆

낱말 ★★☆

경복궁은 왕이 살던 궁궐입니다. 왕은 이곳에서 생활하며 나랏일을 보았습니다. 그래서 경복궁 안에 있는 건물은 각각 쓰임새와 이름이 다릅니다.

우선 경복궁에 들어서면 **웅장한** 건물을 보게 되는데, 바로 근정전입니다. 근정전은 나라의 중요한 행사가 열리던 곳입니다. 그래서 건물의 모양부터 아주 크고 멋있습니다. 근정전 안을 들여다보면 왕이 앉았던 의자가 있습니다.

근정전 옆에는 왕의 사무실이라고 할 수 있는 사정전이 있습니다. 사정전을 지나면 왕의 침실인 강녕전이 있습니다. 사극을 보면 왕에게 건강을 빌며 "**강녕하소서**."라고 말하는데, 이렇게 왕의 건강을 바라는 마음에 침실의 이름도 '강녕전'이라고 한 것입니다.

궁궐 안에서 왕비가 지내는 곳은 교태전입니다. 경복궁에 있는 건물 중에서도 교태전은 특히 더 아름답습니다. 왜냐하면 다른 곳과 달리 교태전의 벽이 붉은색으로 꾸며져 있기 때문입니다. 다음에 왕이 될 **세자**가 사는 곳은 동궁전입니다. 동궁전은 강녕전과 교태전 근처에 있습니다. 세자가 아침저녁으로 왕과 왕비를 찾아 **문안** 인사를 했기 때문입니다. 경복궁의 모습을 통해 당시 **왕실**의 생활을 알 수 있습니다.

경복궁 근정전

1 이 글에서 설명하는 것을 찾아 쓰세요. (   )

이해

붙임 딱지 붙여요.

2 경복궁 안에서 볼 수 있는 건물이 <u>아닌</u> 것은 무엇입니까? (   )

이해

① 동궁전　　② 근정전　　③ 교태전
④ 강녕전　　⑤ 대왕전

3 각 건물의 이름과 쓰임새를 찾아 선으로 이으세요.

이해

(1) 근정전 •	• ① 왕비가 지내는 곳이다.
(2) 강녕전 •	• ② 왕이 잠을 자는 곳이다.
(3) 교태전 •	• ③ 나라의 중요한 행사가 열리는 곳이다.

4 이 글의 내용으로 알맞지 <u>않은</u> 것은 무엇입니까? (   )

이해

① 궁궐에는 왕만 살았다.
② 교태전의 벽은 붉은색이다.
③ 사정전은 왕이 나랏일을 보는 사무실이다.
④ 세자가 사는 동궁전은 강녕전, 교태전과 가까웠다.
⑤ 경복궁의 모습을 통해 당시 왕실의 생활을 알 수 있다.

14 인물의 마음 변화 파악하기

★ 다음 네 편의 동화를 읽고, 동화 속 인물의 마음을 짐작해 보세요.

양치기 소년은 "늑대가 나타났다!"라고 소리칠 때마다 사람들이 허둥대며 달려오는 것이 재미있었어요.

하지만 진짜 늑대가 나타났을 때에는 아무도 소년을 도와주지 않았어요. 소년은 거짓말을 한 것이 정말 후회스러웠어요.

숲속에 혼자 남겨져서 두려움으로 가득했던 백설공주는 일곱 난쟁이를 만나서 마음이 편안해졌어요. 이제 일곱 난쟁이와 백설공주가 친구가 된 것이지요.

숲속을 헤매던 헨젤과 그레텔은 몸도 마음도 지치고 피곤했어요. 그런데 헨젤과 그레텔 앞에 과자로 지은 집이 나타났어요. 과자로 된 집을 보고 너무 놀라서 입이 다물어지지 않았어요.

왕자는 왕궁 생활이 지루하고 심심했어요. 지루하고 심심한 건 거지도 마찬가지였지요. 그러던 어느 날, 왕자와 거지는 서로를 보고 깜짝 놀랐어요. 둘이 너무도 닮았기 때문이에요.

★ 누구의 마음이 어떻게 변했을까요? 사다리 타기를 하면서 앞에서 읽은 동화 속 인물의 이름을 빈칸에 쓰세요.

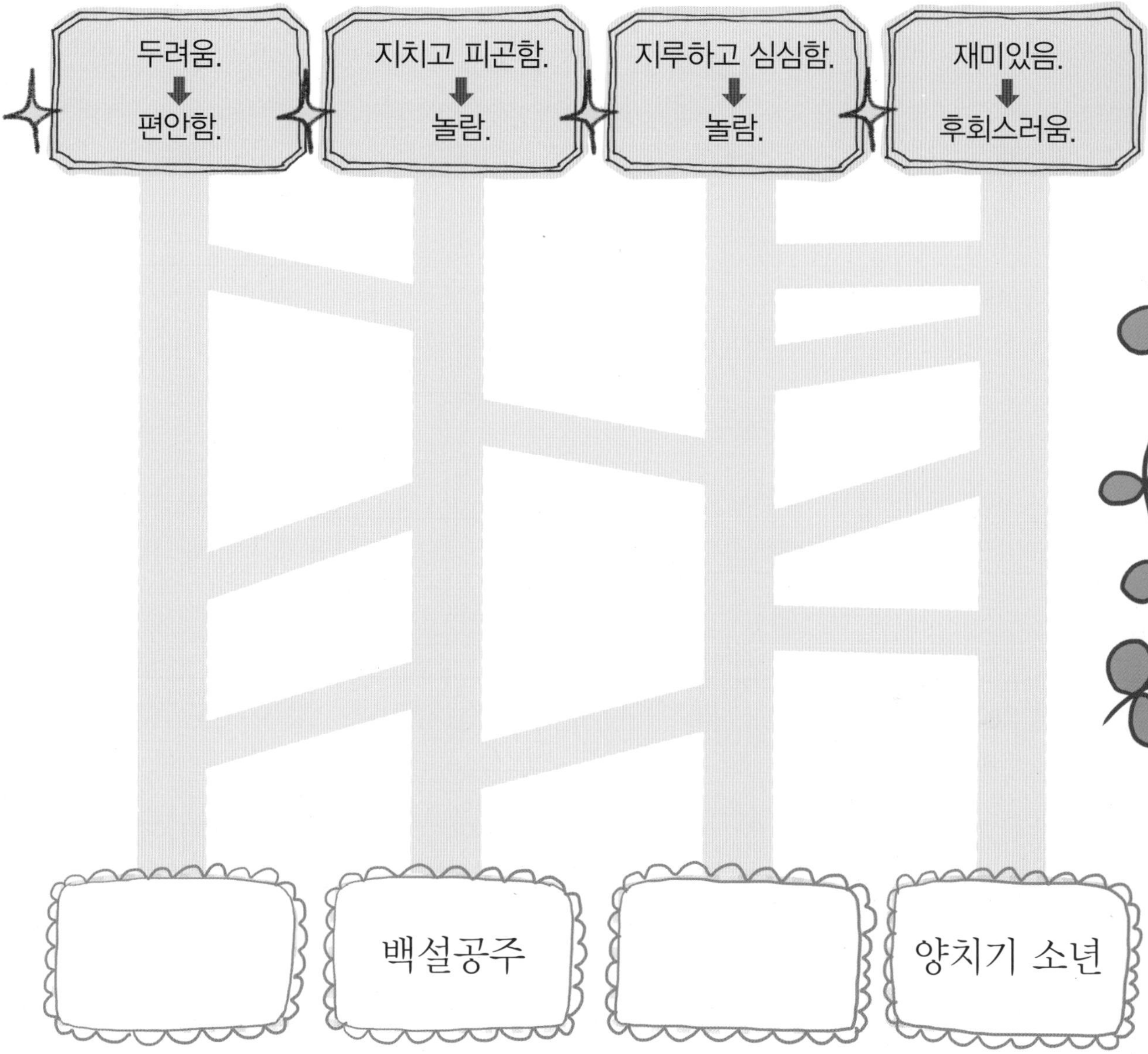

주제 탐구

이야기 속 인물은 다양한 일을 겪으면서 마음의 변화를 겪습니다. 따라서 인물의 마음을 알면 글을 더 재미있게 읽을 수 있습니다. 인물의 마음을 짐작할 때에는 마음이 변한 까닭을 찾아봅니다.

유형 1 인물의 마음 짐작하기

글을 읽고 인물의 말에 나타난 마음을 짐작해 보는 문제입니다.

1 국어

㉠에서 짐작할 수 있는 형의 마음은 무엇입니까? (　　　)

매일 밥을 얻으러 다니는 거지 형제가 있었어요. 어느 날 밥을 얻으러 가는데 기와집이 많은 마을과 초가집이 많은 마을로 가는 갈림길이 나왔어요. 그때 욕심 많은 형이 말했어요.

"난 기와집이 많은 마을로 갈 테니, 넌 초가집이 많은 마을로 가거라."

기와집 마을로 간 형은 찬밥 한 덩이도 얻을 수 없었어요. 마을에 전염병이 돌아서 아무도 문을 열어 주지 않았어요. 하지만 동생이 간 초가집 마을에는 잔치가 있어서 먹을 것을 많이 얻었지요. 그러자 형이 말했어요.

㉠"내일은 내가 초가집 마을로 가겠다!"

① 열심히 일하려는 마음
② 동생을 무시하는 마음
③ 동생을 걱정하는 마음
④ 동생에게 양보하는 마음
⑤ 동생보다 더 좋은 것을 욕심내는 마음

유형 2 인물의 마음 변화 파악하기

사건이 전개되면서 인물의 마음이 어떻게 변하는지 파악하는 문제입니다.

부임해 임명이나 발령을 받아 근무할 곳으로 가.
섬뜩한 갑자기 소름이 끼치도록 무섭고 끔찍한.
부들부들 몸을 자꾸 크게 부르르 떠는 모양.

2 국어

사또의 마음이 어떻게 변하였는지 알맞은 것에 ○표 하세요.

장화와 홍련이 죽은 뒤, 철산 고을에 부임해 오는 사또들이 하루를 못 넘기고 모두 마을을 떠났습니다. 하지만 이번에 부임한 사또는 자신만만했습니다.

"무슨 이유로 사또들이 떠나는지 꼭 밝혀내고 말겠다."

철산 마을에 밤이 깊었습니다. 섬뜩한 바람이 불더니 방문이 덜컹이고, 한 여자가 들어왔습니다. 그 순간 새로 부임한 사또의 얼굴이 파랗게 질렸습니다. 사또는 두려움에 온몸이 부들부들 떨렸습니다.

(1) 기쁨 ➡ 미안함 (　　　)
(2) 자신만만함 ➡ 두려움 (　　　)
(3) 무서움 ➡ 자신만만함 (　　　)

3 이 이야기에서 도둑의 마음이 처음과 다르게 변한 까닭은 무엇입니까? (　　　)

국어

유형 3 인물의 마음이 변한 까닭 찾기

글을 읽고 인물의 마음이 왜 변하였는지 그 까닭을 파악하는 문제입니다.

한 아이가 집을 보고 있는데 도둑이 소를 훔치려고 들어왔어요. 아이는 어떻게 하면 아버지가 오실 때까지 도둑을 붙잡아 둘지 고민했어요. 그리고 도둑에게 이렇게 말했어요.

"그 소를 지금 끌고 가면 안 돼요. 조금만 기다렸다가 아버지가 오시면 끌고 가세요."

하지만 도둑은 아이의 말을 들으려 하지 않았어요. 아버지가 오면 소를 훔쳐 갈 수 없을 테니 당연했지요.

"그 소는 아직 덜 된 소예요. 우리 아버지는 검정소를 누렁소로 만들기도 하고, 소의 휜 뿔을 반듯하게 펴기도 해요. 그래서 사람들이 돈을 주면서 보기 좋은 소로 만들어 달라고 부탁을 하지요."

아이의 말을 들은 도둑은 점점 다른 마음이 들었어요.

'지금 이 소를 훔쳐 가는 것보다 기다렸다가 소의 모습을 바꾸는 기술을 배우는 것이 더 좋겠군. 훔친 소의 모습을 바꾸면 훔친 줄도 모를 테니까.'

결국 도둑은 아이의 아버지가 올 때까지 기다리기로 했어요.

① 아이가 정말 귀여워서

② 아이를 혼자 두고 갈 수 없어서

③ 아이의 부탁을 들어주고 싶어서

④ 아이의 아버지가 내일 돌아온다고 해서

⑤ 아이의 아버지에게 소의 모습을 바꾸는 기술이 있다고 해서

 ★ 인물의 마음이 어떻게 변하는지에 주의하며 글을 읽어 보세요.

●**글의 종류** 이야기(동화)

●**글의 특징** 이 글은 거짓으로 멧돼지를 헐뜯다가 죽을 처지에 놓인 여우의 이야기를 통해 남을 헐뜯는 말을 함부로 해서는 안 된다는 교훈을 줍니다.

●**낱말 풀이**
문병 아픈 사람을 찾아가 위로함.
은근히 야단스럽지 아니하고 꾸준하게.
헐뜯은 남을 해치거나 깎아내리는 말을 하는.

지문 ★★☆

낱말 ★★☆

동물 나라에 동물의 왕 사자가 아프다는 소문이 돌았어요. 여우는 당장 사자를 찾아갔어요.

"사자님이 아프다는 말을 듣고 바로 왔어요. 좀 어떠십니까?"

여우는 걱정스런 목소리로 말했어요.

"이런 적이 없는데 병에 걸린 모양이구나."

사자가 힘없이 말했어요.

"사자님, 너무 걱정 마세요. 곧 나아지실 겁니다. 그런데 멧돼지는 노느라 아직까지 문병을 오지 않는군요. 저는 사자님을 위해 목숨까지 바칠 수 있는데 말이죠."

여우는 은근히 멧돼지를 욕했어요. 그때 멧돼지가 사자 굴에 왔어요.

"너는 뭘 하고 있다가 이제야 오느냐? 여우가 그러는데 노느라 정신이 없다지?"

평소 여우와 친하게 지냈던 멧돼지는 여우가 자기를 헐뜯은 것을 알고 괘씸했어요. 그래서 이렇게 말했지요.

"아니에요, 사자님. 사자님의 병에 좋은 약을 알아보러 건넛마을에 다녀왔습니다. 사자님에게 좋은 약은 여우의 간이라고 합니다."

멧돼지의 말을 들은 사자는 기뻐했어요.

"그거 정말 잘되었구나. 여우는 나를 위해 목숨을 바칠 수 있다고 했으니 네 간을 먹으면 되겠구나."

『탈무드』

1 이 글에 나오는 등장인물을 모두 찾아 쓰세요.

이해

( )

붙임 딱지 붙여요.

2 여우에 대한 멧돼지의 마음이 어떻게 변하였는지 보기 에서 골라 기호를 쓰세요. ( )

추론

보기

㉮ 여우를 질투하게 됨.
㉯ 여우를 미워하게 됨.
㉰ 여우를 걱정하게 됨.
㉱ 여우를 더 좋아하게 됨.

3 〈문제 2번〉의 답처럼 멧돼지의 마음이 변한 까닭으로 알맞은 것은 무엇입니까? ( )

추론

① 사자가 병에 걸려서
② 사자가 약을 구하고 있어서
③ 사자가 멧돼지에게 화를 내서
④ 여우가 사자에게 멧돼지 험담을 해서
⑤ 여우가 사자에게 멧돼지 칭찬을 해서

4 이 글을 읽고 난 생각이나 느낌으로 알맞지 않은 것에 ○표 하세요.

비판

(1) 화를 당할 수 있으니 말을 항상 조심해야 해.

(2) 사자는 가장 무서운 동물이야.

(3) 함부로 다른 사람 욕을 하면 안 될 것 같아.

15 주장하는 글에 대해 알기

★ 초록 마을 게시판에서 어떤 주장을 하고 있는지 잘 읽어 보세요. 주장에 대한 까닭을 알맞게 말한 사람을 모두 찾아 ○표 하세요.

★ 게시판의 주장을 보고 우리가 해야 할 일로 알맞은 것에 ○표 하세요.

주제 탐구

주장하는 글은 자신의 생각이나 주장을 조리 있게 쓴 글입니다. 주장하는 글을 읽을 때에는 글쓴이의 주장과 그렇게 주장하는 까닭을 찾으면서 읽습니다. 또 글쓴이의 주장이 실천할 수 있는 의견인지도 생각하면서 읽습니다.

유형 1 글쓴이의 주장 찾기

주장하는 글을 읽고 글쓴이가 내세우는 주장이 무엇인지 파악합니다.

배려 도와주거나 보살펴 주려고 마음을 씀.

1 ㉠~㉤ 중 글쓴이의 주장을 찾아 기호를 쓰세요. (   )

국어

㉠얼마 전 휠체어를 타신 분이 건물 문 앞에서 들어가지 못하고 계신 것을 보았어요. '휠체어를 타야 할 정도로 다리는 불편하지만 손으로 문을 밀고 들어가면 될 텐데 왜 그럴까?' 하고 ㉡가까이 가니 문에 '당기세요.'라고 쓰여 있었어요. '당기세요.'라고 쓰여 있더라도 대부분의 문은 밀면 열 수 있어요. 그런데 ㉢그 문은 꼼짝도 하지 않았어요. ㉣휠체어를 타고 문을 당겨서 열고 들어가는 일은 너무 힘든 일이에요. 장애인에 대한 배려가 좀 더 있으면 좋겠어요. ㉤장애인을 먼저 배려하여 시설을 만들도록 해요.

유형 2 주장에 대한 까닭 알기

'자전거 타는 법을 배우자.'고 주장하는 글을 읽고 글쓴이의 주장에 대한 까닭을 찾는 문제입니다.

전용 정해진 사람이나 대상만 씀.

2 이 글에서 글쓴이의 주장에 대한 까닭으로 알맞지 않은 것은 무엇입니까? (   )

바슬즐

자전거 타는 법을 배웁시다. 자전거 타기를 한번 배워 두면 좋은 점이 많습니다. 우선 자전거를 타고 달리면 아주 재미있습니다. 그래서 자전거 타기는 좋은 취미가 될 수 있습니다. 또 자전거를 타면 빠르고 편하게 이동할 수 있습니다. 요즘에는 자전거 전용 도로도 많아져서 학교나 회사에 자전거를 타고 가는 사람이 늘고 있습니다. 자전거 타기는 건강에도 도움이 됩니다. 자전거 페달을 적절히 밟으면 다리와 무릎의 근육이 튼튼해진다고 합니다.

① 자전거를 타면 재미있다.
② 자전거를 타면 사고가 늘어난다.
③ 자전거 타기가 취미가 될 수 있다.
④ 자전거를 타면 건강에 도움이 된다.
⑤ 자전거를 타면 빠르고 편하게 이동할 수 있다.

3 글쓴이의 주장에 대한 생각을 말한 것으로 알맞지 <u>않은</u> 친구에 ○표 하세요.

국어

학교에는 친구들이 많아서 좋지만 정해진 수업과 공부 때문에 힘들 때가 많아요. 그러면 점점 스트레스가 쌓이지요.

그래서 학교에서 스트레스를 풀 수 있는 재미있는 행사를 했으면 좋겠어요. 뉴질랜드의 한 학교에서는 학생들의 스트레스를 풀어 주기 위해 특별한 행사를 벌인다고 해요. 바로 '머리 모양 내 맘대로 하고 가는 날'과 '신나게 춤추는 날' 행사예요. '머리 모양 내 맘대로 하고 가고 가는 날'이 되면 아이들은 저마다 다양한 머리 모양을 하고 학교에 온대요. 또 '신나게 춤추는 날'이 되면 학교의 모든 학생들이 강당에 모여 신나게 춤을 추고 놀아요.

이렇게 학생들이 즐길 수 있는 행사가 학교에서 열린다면 스트레스는 훨씬 줄어들 거예요. 학교생활도 더 즐거워질 거고요. 또 친구들과도 더 친해질 거라고 생각해요.

(1) 이런 행사는 공부에 방해가 되니까 무조건 싫어.

(2) 재미있는 행사가 있으면 친구들과도 더 친해질 것 같아서 좋아.

(3) 이런 행사를 하면 진짜 스트레스가 풀리므로 적절한 주장이라고 생각해.

유형 3 **글쓴이의 주장이 알맞은지 평가하기**
주장하는 글을 읽고 글쓴이의 주장과 그 까닭이 알맞은지 평가합니다.

스트레스 힘든 일로 마음에 쌓이는 짜증이나 화.

●**글의 종류** 주장하는 글(논설문)

●**글의 특징** 이 글은 낙서를 하지 말자는 주장과 그 까닭으로 낙서는 보기에 안 좋고 지우는 데 시간과 비용이 든다는 점과 낙서를 하는 것은 다른 사람에게 피해를 준다는 점을 들고 있습니다.

●**중심 내용**
1문단 낙서 때문에 생기는 문제 상황이 드러남.
2문단 낙서는 보기에 안 좋고 지우는 데 시간과 비용이 드므로 낙서를 하지 말자고 주장함.
3문단 낙서를 하는 곳이 개인이나 공공의 재산이므로 다른 사람에게 피해를 주어서는 안 된다고 함.

●**낱말 풀이**
문화재 옛사람이 남긴 것 가운데 가치가 뛰어난 사물.
비용 어떤 일을 하는 데 드는 돈.
심각한 상태나 정도가 매우 깊고 중대한.
공공의 사회 사람들 모두가 함께 쓰거나 함께 얽힌 일의.

지문 ★☆☆
낱말 ★★☆

낙서는 아무 데나 글자를 쓰거나 그림을 그린 것을 말해요. 이런 낙서는 교실 책상이나 벽에서 흔히 볼 수 있어요. 또 소중한 문화재가 낙서로 더럽혀진 경우도 있어요. 재미 삼아 낙서를 했겠지만 낙서 때문에 생기는 (㉠)들이 있어요.

그러므로 낙서를 하지 말아야 해요. 먼저 낙서는 보기에도 안 좋고 지우는 데 많은 시간과 비용이 들어요. 낙서로 가득한 벽이나 문화재는 보기에 안 좋고, 얼굴을 찌푸리게 만들어요. 심지어 문화재에 낙서를 하면 더 심각한 문제가 생겨요. 문화재는 아주 먼 옛날부터 전해져 오는 것이라 새로 만들 수도 없고, 낙서를 지우고 원래대로 만드는 데에 상상할 수 없는 많은 시간과 비용이 들어요. 결국 소중한 문화재를 잃게 되는 거예요.

또한 낙서를 하는 곳이 개인이나 공공의 재산이라면 다른 사람에게 피해를 주게 돼요. 누군가 우리 집 현관문에 맘대로 낙서를 해 놓았다면 기분이 나쁘고, 낙서를 지우는 데 힘도 들어서 화가 날 거예요.

1 ㉠에 들어갈 말로 가장 알맞은 것은 무엇입니까? (　　　　)

어휘

① 질문　　② 문제　　③ 주장
④ 보기　　⑤ 해답

붙임 딱지 붙여요.

2 글쓴이의 주장으로 알맞은 것의 기호를 쓰세요. (　　　　)

이해

㉮ 낙서를 지우자.	㉯ 낙서를 하지 말자.
㉰ 문화재를 보호하자.	㉱ 낙서를 가려서 하자.

3 글쓴이의 주장에 대한 까닭으로 알맞은 것을 <u>모두</u> 고르세요. (　　　　)

이해

① 낙서는 재미있다.
② 낙서는 지우면 기분이 좋아진다.
③ 문화재를 원래대로 만들 수 있다.
④ 보기에 안 좋고 지우는 데 시간과 비용이 든다.
⑤ 낙서를 하는 곳이 개인이나 공공의 재산이라면 다른 사람에게 피해를 주게 된다.

4 글쓴이의 주장에 대한 생각을 말한 것으로 알맞지 <u>않은</u> 친구에 ○표 하세요.

비판

독해 플러스

3주

동물에 빗댄 속담 알기

'굼벵이도 구르는 재주가 있다.'는 '아무리 능력이 없는 사람이라도 한 가지 재주는 가지고 있다.'는 뜻의 속담이에요. 굼벵이는 몸이 짧고 통통해서 행동이 굼뜬 벌레지요. 하지만 그런 굼벵이도 데굴데굴 구르기는 누구보다 잘해요.

동물에 빗댄 속담

- **가재는 게 편** 모습이나 형편이 비슷한 사람끼리 어울리고, 서로 돕거나 편들어 주기 쉬움을 비유적으로 이르는 말이에요.
- **닭 쫓던 개 지붕 쳐다본다** 닭을 쫓던 개가 닭이 지붕으로 올라가자 쫓아 올라가지 못하고 지붕만 쳐다본다는 말로, 애쓰던 일이 실패하거나 남보다 뒤떨어져 어찌할 도리가 없다는 뜻이에요.
- **까마귀 날자 배 떨어진다** 아무 관계 없이 한 일이 어쩌다 동시에 벌어져 마치 관계가 있는 것처럼 의심을 받게 되었다는 것을 뜻해요.
- **지렁이도 밟으면 꿈틀한다** 아무리 힘없고 미천한 사람이나 순하고 좋은 사람이라도 너무 업신여기면 가만있지 않는다는 뜻이에요.

1 둘 중 이 대화에 어울리는 속담에 ○표 하세요.

너, 그 과자 식탁에 있던 돈으로 샀지?

아니에요. 제 친구 지민이가 사 준 거예요.

그럼 돈이 어디로 갔지? 돈은 사라지고 네가 과자를 먹으니까…….

엄마, 절 의심하는 거예요? 억울해요!

(가재는 게 편 / 까마귀 날자 배 떨어진다)

2 빈칸에 알맞은 동물 이름을 넣어 속담을 완성해 보세요.

'애쓰던 일이 실패하거나 남보다 뒤떨어져 어찌할 도리가 없다.'는 뜻의 속담은 '[ ] 쫓던 [ ] 지붕 쳐다본다.'입니다.

이번 주 나의 독해력은?		
	이번 주 학습을 모두 끝마쳤나요?	☺ ☺ ☹
	시나 이야기를 읽고 장면을 떠올릴 수 있나요?	☺ ☺ ☹
	설명하는 글과 주장하는 글의 특징을 알 수 있나요?	☺ ☺ ☹

정답 1. 까마귀 날자 배 떨어진다 2. 닭, 개(순서대로)

PART 3

문제해결 독해

글에서 감동적인 부분을 찾아 글쓴이의 마음에 공감하고
글을 읽고 난 감동을 표현하며 읽어요.
또, 여러 글에 나타난 다양한 문제 상황과 해결 방법을
나의 생활에 적용하며 창의적으로 읽는 방법을 배워요.

contents

16

4주

이야기를 읽고 비슷한 자신의 경험 떠올리기

★ 「금도끼 은도끼」에 나오는 나무꾼과 비슷한 경험을 떠올린 친구를 찾아 점선을 선으로 이으세요.

★ 그림 속 남자아이의 마음과 비슷한 마음을 가진 인물을 찾아 점선을 선으로 이으세요.

주제 탐구

이야기를 읽고 비슷한 자신의 경험을 떠올릴 때에는 먼저 인물에게 일어난 일이 무엇인지 살펴봅니다. 그리고 이야기의 상황에서 인물의 마음을 짐작하면서 비슷한 자신의 경험을 떠올려 봅니다.

유형 1 인물에게 일어난 일 파악하기

이야기를 읽고 인물에게 일어난 일이 무엇인지 파악하는 문제입니다.

1 국어

이 글에서 소녀에게 일어난 일에 ○표 하세요.

> 소녀는 어머니의 병을 고치는 데 필요한 잉어를 구하기 위해 집을 나섰어요. 하지만 지난밤에 내린 눈으로 산과 들은 하얗게 변했고, 연못은 꽁꽁 얼어 있었어요. 하지만 소녀는 포기하지 않았지요.
>
> 그때 누런 개 한 마리가 소녀를 보고 따라오라는 듯 짖었어요. 소녀는 개를 따라갔어요. 그곳에 얼지 않은 연못이 있었어요. 개가 연못으로 뛰어들더니 커다란 잉어를 물고 나와 소녀에게 주었어요.
>
> "고맙다, 고마워! 이제 우리 어머니 병을 고칠 수 있겠어."

(1) 소녀가 잉어를 잡았다. ( )

(2) 개가 소녀를 어머니에게 데려다 주었다. ( )

(3) 개가 어머니의 병을 고치는 데 필요한 잉어를 주었다. ( )

유형 2 인물의 마음 파악하기

이야기를 읽으면서 인물의 행동이나 말을 통해 마음을 짐작할 수 있는지 파악하는 문제입니다.

훌쩍 보통의 경우보다 훨씬 더 크거나 커진 모양.

2 국어

㉠에 나타난 심 봉사의 마음은 무엇입니까? ( )

> **훌쩍** 자란 청이는 아버지를 돌보기 위해 일을 하기 시작했어요. 그러던 어느 날이었어요. 아랫마을로 일을 간 심청이가 돌아오지 않았어요.
>
> ㉠"얘가 오늘따라 왜 이렇게 늦는 걸까?"
> 심 봉사는 가만히 앉아 있지 못하고 대문 밖까지 나갔어요.

① 설레는 마음　② 무서운 마음　③ 걱정하는 마음

④ 원망하는 마음　⑤ 후회하는 마음

3 이 이야기를 읽고 비슷한 자신의 경험을 떠올린 것에 모두 ○표 하세요.

국어

> 유형 3 이야기를 읽고 자신의 경험 떠올리기
>
> 이야기를 읽고 비슷한 자신의 경험을 떠올려 보는 문제입니다.

할아버지가 구두를 만들기 위해 잘라 놓은 가죽은 다음 날이면 멋진 신발이 되어 있었어요. 솜씨 좋게 잘 만들어진 구두는 비싼 값에 팔렸지요. 그 덕분에 할아버지의 구둣방은 나날이 손님이 많아졌어요.

"누가 우리에게 이렇게 멋진 구두를 만들어 주는지 밤새 지켜봅시다."

할아버지와 할머니는 구둣방 뒤편에서 몰래 기다렸어요.

뚝딱뚝딱!

깜빡 잠이 들었던 할아버지와 할머니는 망치질 소리에 잠이 깼어요. 눈을 떠 보니 구두 요정들이 구두를 만들고 있었지요.

"쯧쯧, 구두 요정들이 너무 춥겠어요."

구두 요정들은 맨발에 다 떨어진 얇은 옷을 입고 있었어요.

"구두 요정에게 옷이랑 신발을 만들어 줍시다."

"그래요, 그렇게라도 고마운 마음을 전해야지요."

할아버지와 할머니는 구두 요정에게 알맞은 작은 구두와 외투를 만들어 주었어요.

●**글의 종류** 이야기(동화)

●**글의 특징** 이 글은 허풍선이 세 사람의 이야기를 통해 과장된 거짓말이 재미있으면서도 거짓말이 자신을 곤란하게 만든다는 교훈을 담고 있습니다.

●**낱말 풀이**

꼬챙이 가늘고 길면서 끝이 뾰족한 쇠나 나무 따위의 물건을 뜻함.

산적 쇠고기 같은 것을 길쭉하게 썰어 갖은 양념을 하여 꼬챙이에 꿰어서 구운 음식.

화로 숯불을 담아 놓는 그릇.

뻗쳐 가지나 덩굴, 뿌리 따위가 길게 자라.

철렁하였어요 어떤 일에 놀라 가슴이 설레었어요.

지문 ★☆☆

낱말 ★★☆

허풍선이 세 사람이 모여 서로 자기 시골 자랑을 하였어요.

"우리 함경도에는 백두산이 들어가서 목욕을 할 만큼 큰 물통이 있다네. 이 세상을 아무리 찾아봐도 그렇게 큰 물통은 없을 것일세."

그러자 또 한 사람이

"여보게, 우리 평안도에는 백두산 같은 산을 한 **꼬챙이**에 셋씩 넷씩 꿰어 **산적** 굽듯 굽는 큰 **화로**가 있다네. 그까짓 산 하나쯤 목욕할 수 있는 통보다 세 배나 크지."

㉠그러자 남은 한 사람도 지지 않으려고 한참을 생각하더니 말했어요.

"우리 전라도에는 백두산같이 큰 산이 한 열이나 빽 둘러서도 당하지 못하는 굵은 대나무가 있는데, 높기는 얼마나 높은지 하늘을 뚫고 그 속에 **뻗쳐** 들어가 있으니까 한 번도 그 끝을 본 사람이 없다네. 어떤가? 바쁘지 않거든 나하고 구경 가세."

"그것 참 볼 만하겠네그려. 그 대나무가 하늘을 뚫고 들어간 모양이 제일 볼 만하겠네. 바쁜 일이 없으니 한번 가 보겠네."

"나도 한번 가 보겠네. 셋이 같이 가세그려."

㉡두 사람이 모두 따라나서자, 속으로 '큰일 났구나.' 하고 가슴이 철렁하였어요.

1 다음과 같은 자랑을 한 허풍선이가 어디에서 왔는지 쓰세요.

이해

백두산 같은 산을 산적 굽듯 구울 수 있는 큰 화로가 있다.

( )

붙임 딱지 붙여요.

2 허풍선이 세 사람의 성격으로 알맞은 문장의 기호를 쓰세요. ( )

추론

㉮ 여행을 좋아하는 성격이다.
㉯ 거짓말을 싫어하는 성격이다.
㉰ 부풀려 말하기를 좋아하는 성격이다.

3 ㉠에서 짐작할 수 있는 인물의 마음은 무엇입니까? ( )

추론

① 구경하고 싶은 마음
② 옛날을 그리워하는 마음
③ 친구를 사귀고 싶은 마음
④ 즐거운 여행을 기대하는 마음
⑤ 지지 않으려고 고민하는 마음

4 ㉡과 비슷한 경험을 말한 친구에 ○표 하세요.

문제해결

(1) 난 거짓말을 한 번도 한 적이 없어.

(2) 달리기에서 일등을 해서 기뻤던 경험이 있어.

(3) 노래를 잘한다고 거짓말했다가 친구가 해 보라고 해서 뜨끔했어.

17 겪은 일을 시로 표현하기

★ 이 시를 읽어 보세요.

바다와 여울

반짝반짝
모래 뒤에
푸른 바다.

조심조심
모래 위에
살며시 앉아,

출렁출렁
바닷물에
손을 넣어요.

동글동글
조약돌 뒤에
푸른 여울.

훌렁훌렁
신발 벗고
살포시 앉아,

찰랑찰랑
여울물에
발을 넣어요.

★ 이 시에서 글쓴이가 겪은 일에 모두 ○표 하세요.

주제 탐구

겪은 일을 시나 노래로 표현할 수 있습니다. 겪은 일을 시로 표현할 때에는 겪은 일에 대한 생각이나 느낌이 잘 나타나게 솔직하게 씁니다. 또 긴 문장은 행을 나누어 쓰고, 반복되는 말을 사용하여 리듬감을 나타낼 수 있습니다.

유형 1 시에 나타난 경험 찾기

시에 나타난 글쓴이의 경험이 무엇인지 찾는 문제입니다.

오큼 손으로 한 줌 움켜쥘 만한 분량을 세는 단위. '움큼'의 사투리.

1 시 속 인물 '나'가 겪은 일을 빈칸에 알맞게 쓰세요.

국어

한 오큼

박목월

엄마가 밤을 나눠 줄래니
오빠가 와서
"엄마 한 오큼씩만 가져갈까요."
엄마가 오냐 하니

오빠는 한 오큼 다섯 톨 가져가고
나는 한 오큼 세 톨 가져가고
아기는 한 오큼 한 톨 가졌어요.

• [ ][ ], 동생과 [ ]을/를 나눠 가졌다.

유형 2 글쓴이가 겪은 일을 시로 표현하기

겪은 일을 시로 표현할 수 있는지 확인하는 문제입니다. 겪은 일에 대한 생각이나 느낌을 솔직하게 행을 나누어 쓴 것을 찾습니다.

눈두덩 눈썹 아래쪽 불룩한 곳.

2 ㉠을 시로 알맞게 표현한 것에 ○표 하세요.

국어

내 별명은 울보이다. ㉠나는 속상할 때도 울고, 억울할 때도 울고, 힘이 들 때도 울고, 마음이 아플 때도 운다.

(1)
언니와 싸우면
화가 나서
눈물이 줄줄
눈두덩은 퉁퉁

(2)
내가 울면
울보래요.
내가 웃으면
방글이래요.
내가 화내면
뿔난 황소래요.

(3)
속상할 때
엉엉
억울할 때
주르륵

힘이 들 때
엉엉
마음 아플 때
주르륵

3 이 시에 대해 잘못 말한 친구에 ○표 하세요.

국어

심부름

김정현

엄마의 심부름으로
두부 사러 갔어요.

가게 아이스크림 냉장고에는
맛있는 아이스크림
꼴깍꼴깍 침 넘어가요.

두부 사 오라고 받은
천 원짜리 두 장
주머니에서 꼼지락꼼지락
이황 할아버지도 침을 삼켜요.

유형 3 시를 읽고, 시의 내용 파악하기

시를 읽고 글쓴이가 겪은 일을 어떻게 시로 나타냈는지 파악합니다.

(1) 행을 나누지 않고 긴 문장으로 나타냈어.

(2) 각 연이 '~요'로 반복되어 끝나서 리듬감이 느껴져.

(3) 아이스크림을 사 먹고 싶은 '나'의 마음을 솔직하게 나타냈어.

(4) 심부름을 가서 아이스크림을 너무 사 먹고 싶었던 일을 시로 표현했어.

●글의 종류 동시

●글의 특징 이 시는 달이 밝은 밤에 귀뚜라미를 보며 생각에 잠겼던 경험을 시로 표현하였습니다.

●중심 내용
1연 잔디밭에서 귀뚜라미 울음소리를 들은 '나'를 귀뚜라미와 이야기했다고 표현함.
2연, 4연 귀뚜라미가 우는 소리를 반복해서 나타냄.
3연 '나'의 고민을 귀뚜라미와 둘이만 알자고 약속함.
5연 귀뚜라미와 '나'가 서로 이야기하며 마음을 나누는 모습을 표현함.

●낱말 풀이
알으켜 '가르쳐'의 사투리.

지문 ★★☆
낱말 ★★☆

귀뚜라미와 나와

윤동주

귀뚜라미와 나와
잔디밭에서 이야기했다.

귀뚤귀뚤
귀뚤귀뚤

㉠아무에게도 알으켜 주지 말고
우리 둘만 알자고 약속했다.

귀뚤귀뚤
귀뚤귀뚤

귀뚜라미와 나와
달 밝은 밤에 이야기했다.

1 이 시에 나타난 글쓴이의 경험은 무엇입니까? (   )

이해

① 벌레를 죽인 일
② 친구와 약속한 일
③ 밤에 친구와 얘기한 일
④ 밤에 귀뚜라미를 본 일
⑤ 귀뚜라미를 많이 잡은 일

4주 2일 학습 끝!
붙임 딱지 붙여요.

2 이 시에서 알 수 있는 시간과 장소에 ○표 하세요.

이해

(1) 시간: 밤 / 아침

(2) 장소: 모래밭 / 잔디밭

3 ㉠을 표현할 수 있는 낱말로 알맞은 것은 무엇입니까? (   )

어휘

① 편지　② 일기　③ 비밀
④ 화해　⑤ 대화

4 보기에서 설명하는 말을 시에서 찾아 쓰세요.

이해

보기
귀뚜라미의 울음소리가 반복되는 모습을 표현하였다.

(   )

4주

18 자신의 해결 방법과 까닭 정리하기

★ 각각의 그림에 나타난 문제 상황을 보고, 이 문제를 해결하기 위한 방법이 적힌 메모를 찾아 ○표 하세요.

물건을 항상
아껴 써야 해요.

자기 물건에 이름표를
붙여요. 그러면 물건을
쉽게 찾을 수 있어요.

친구에게 바르고
고운 말을
써야 해요.

주제 탐구

주장하는 글은 어떤 문제 상황에 대한 글쓴이의 주장과 그 까닭이 잘 나타나 있습니다. 따라서 주장하는 글을 읽을 때에는 나라면 어떻게 해결할지 자신의 해결 방법과 까닭을 생각해 볼 수 있습니다.

유형 1 글쓴이가 하고 싶은 말 찾기

글에서 글쓴이가 하고자 하는 말, 즉 주장을 찾는 문제입니다.

1 이 글에서 글쓴이가 하고 싶은 말은 무엇입니까? (   )

국어

나는 일기를 쓸 때 생각을 많이 합니다. 선생님이 내 일기를 읽기 때문입니다. 가끔 친구 때문에 화가 날 때는 내 기분 그대로 친구 욕을 일기에 쓰고 싶은데 선생님이 읽을 것을 생각하면 그럴 수가 없습니다. 그래서 일기를 쓸 때에는 써야 할 내용과 쓰지 말아야 할 내용을 나누느라고 생각을 많이 합니다. 그러다 보니 점점 일기 쓰기가 싫어집니다. 나에게 있었던 일과 나의 생각을 일기에 마음 놓고 쓸 수 없다는 것이 싫습니다. 그래서 나는 일기장 검사를 하지 않았으면 좋겠습니다.

① 일기를 매일매일 쓰자.
② 친구와 사이좋게 지내자.
③ 일기를 생각하며 썼으면 좋겠다.
④ 일기장 검사를 하지 않았으면 좋겠다.
⑤ 일기장에 선생님께 하고 싶은 말을 쓰자.

유형 2 주장과 까닭 찾기

글에 나타난 주장과 까닭을 찾아서 구분하는 문제입니다. 주장은 글쓴이가 하고자 하는 말이고 까닭은 그렇게 주장하는 이유입니다.

2 ㉠~㉢을 주장과 까닭으로 구분하여 기호를 쓰세요.

국어

장난감은 어린이들의 친구예요. 어떤 친구는 공룡 장난감을 좋아하고, 어떤 친구는 로봇 장난감을 좋아하지요. 또, 어떤 친구는 인형 놀이 장난감을 좋아해요. 그런데 한 장난감만 오래 가지고 놀면 새로운 장난감이 갖고 싶어져요. 그럴 때 장난감을 서로 바꿔서 놀면 어떨까요? 내 장난감을 빌려주고 친구의 장난감을 가지고 노는 거예요. 그러면 ㉠여러 가지 장난감을 가지고 놀 수 있어서 좋아요. ㉡부모님들도 장난감 사 주는 돈을 아낄 수도 있어요. ㉢친구끼리 장난감을 서로 바꾸어 놀아요!

(1) 주장: (   )   (2) 까닭: (   )

3 다음 문제 상황을 보고, 해결 방법으로 알맞은 것에 모두 ○표 하세요.

국어

유형 3 문제 상황에 대한 해결 방법 찾기

글을 읽고 글에 제시된 문제 상황을 파악하고, 그 해결 방법을 생각해 보는 문제입니다.

전염병 전염이 되는 병.
바이러스 감기나 소아마비 같은 병을 일으키는 아주 작은 미생물.
뜨문뜨문 시간적으로 잦지 않고 드문 모양.

욕에 **전염병**처럼 **바이러스**가 있는 걸까요? 요즘 우리 교실에서도 거친 말을 자주 들을 수 있습니다. 몇몇 친구가 욕을 하기 시작하더니 욕을 하는 친구들이 늘어난 것입니다.

점심시간에 호준이와 아영이가 싸움을 했는데 정말 심한 욕을 서로에게 하다가 선생님께 혼이 났습니다. 아이들은 심한 욕을 할수록 자기가 더 강한 힘을 가졌다고 생각합니다. 처음에는 **뜨문뜨문** 욕을 하더니 시간이 지날수록 더 나쁜 말, 더 거친 말을 쏟아 냅니다.

욕은 처음에 할 때에는 망설이며 쉽게 하지 못하지만 한번 하기 시작하면 점점 하는 횟수가 늘어나고, 나중에는 아무렇지도 않게 술술 나오는 것 같습니다.

욕을 하는 친구들이 늘고 있다.

(1) 상을 준다. (   )

(2) 싸움을 말린다. (   )

(3) 욕을 하면 교실 청소를 하게 한다. (   )

(4) 욕을 하면 칭찬 스티커를 못 받게 한다. (   )

●**글의 종류** 주장하는 글(논설문)

●**글의 특징** 이 글은 음식물 쓰레기를 줄이고, 우리의 건강을 위해서 급식을 골고루 먹자고 주장하는 글입니다.

●**중심 내용**
1문단 점심시간에 급식을 남기면 남긴 음식은 그대로 쓰레기가 됨.
2문단 우리가 급식을 골고루 먹으면 음식물 쓰레기를 줄일 수 있음.
3문단 급식을 골고루 먹으면 건강에 좋으므로, 골고루 먹는 식습관을 가져야 함.

●**낱말 풀이**
자원 인간 생활에서 가치 있게 쓰이는 것들.
낭비되는 시간이나 재물 따위를 헛되이 헤프게 쓰는.
영양소 생물이 영양분을 얻는 물질. 탄수화물, 지방, 단백질, 비타민, 무기질 등이 있음.
편식하는 어떤 특정한 음식만을 가려서 즐겨 먹는.
식습관 음식을 먹는 습관.

지문 ★★★
낱말 ★★☆

[㉠]

점심시간이면 맛있는 냄새가 솔솔 풍겨요. 밥, 김치, 국, 반찬이 골고루 식판에 담기지요. 하지만 몇몇 아이들은 좋아하는 음식만 골라 먹고 급식을 남겨요. 남긴 음식은 그대로 쓰레기가 되어요.

우리가 급식을 골고루 먹으면 이런 음식물 쓰레기를 줄일 수 있어요. 음식물 쓰레기는 자원을 버리는 일이에요. 음식을 만드는 재료비며, 음식을 만드는 데 들인 시간과 노력이 모두 낭비되는 거예요. 또한 버려진 음식물 쓰레기는 모두 땅에 묻어야 하기 때문에 환경 오염의 원인이 되기도 해요.

급식을 골고루 먹으면 건강에도 좋아요. 급식으로 나오는 음식은 우리에게 필요한 영양소를 담고 있어요. [㉡] 좋아하는 반찬만 먹고 싫어하는 반찬을 먹지 않으면 부족한 영양소가 생겨요. 영양소가 부족하면 건강에 문제가 될 수 있어요. 또 편식하는 습관이 생길 수도 있어요. 싫어한다고 안 먹으면 점점 먹지 않게 되어요. 어릴 때부터 골고루 먹는 식습관을 가져야 어른이 되어서도 편식하지 않고 골고루 음식을 먹을 수 있어요.

1 **㉠에 들어갈 제목으로 알맞은 것은 무엇입니까? (　　　　)**

이해

① 급식을 빨리 먹자　　② 급식을 골고루 먹자

③ 음식물 쓰레기를 줄이자　　④ 운동으로 건강을 지키자

⑤ 음식으로 건강을 지키자

4주 3일
학습 끝!

붙임 딱지 붙여요.

2 **㉡에 들어갈 문장을 이어 주는 말을 보기 에서 골라 쓰세요.**

이해

보기		
또는	그래서	왜냐하면

(　　　　　　　　)

3 **글쓴이의 주장에 대한 까닭을 모두 고르세요. (　　　　)**

이해

① 운동을 잘할 수 있다.

② 건강에 좋기 때문이다.

③ 음식물 쓰레기를 줄일 수 있다.

④ 학교생활을 잘할 수 있기 때문이다.

⑤ 음식을 많이 먹을 수 있기 때문이다.

4 **이 글을 읽고 문제 상황을 해결하기 위한 방법을 알맞게 말한 친구에 ○표 하세요.**

비판

(1) 급식을 아이들이 직접 만들게 해야 해.

(2) 모든 반찬을 반드시 한 입씩은 먹게 해야 해.

(3) 좋아하는 음식만 먹을 만큼 덜어서 먹게 해야 해.

4주

19 책 속 인물 소개하기

★ 동화 속 인물을 소개한 글을 잘 읽어 보세요. 어떤 인물인지 알맞은 그림자를 선으로 이으세요.

제페토 할아버지가 나무로 만들었어요. 거짓말을 할 때마다 코가 길어져요.

반은 사람이고, 반은 물고기예요. 아름다운 목소리를 가졌어요. 왕자를 보고 사랑에 빠지지요.

욕심이 많은 성격이라서 동생 흥부를 도와주지 않아요.

★ 이어진 선에 맞게 동화 속 인물의 이름을 쓰세요.

주제 탐구

인물을 소개하는 글에는 소개할 사람의 이름, 성격, 모습, 좋아하는 것 등의 인물의 특징이 잘 드러나야 합니다. 책 속 인물을 소개할 때에는 우선 소개할 인물을 떠올리고, 인물에 알맞은 특징을 찾아서 소개합니다. 또 읽을 사람을 생각하며 자세하게 씁니다.

유형 1 인물을 소개할 때 들어갈 내용 알기

인물을 소개할 때 들어갈 내용을 알고 있는지 확인하는 문제입니다.

특이해요 보통과 뚜렷하게 다르고 별나요.

1 바슬즐 **이 글에서 인물에 대해 소개한 내용으로 알맞지 않은 것은 무엇입니까? (　　　)**

앤디 워홀은 미국의 유명한 미술가예요. 헝클어진 듯 사방으로 뻗친 그의 머리 모양은 참 특이해요. 생김새만큼 그의 미술 작품도 특별해요. 앤디 워홀은 새롭고 재미있는 것을 좋아했어요. 그는 점잖던 미술 작품을 가볍고 재미있게 만들고 싶었어요. 그리고 주변에서 흔히 볼 수 있는 물건으로 미술 작품을 만들고 싶었지요. 앤디 워홀은 콜라병이나 깡통으로 예술 작품을 만들었어요. 이런 미술을 팝 아트라고 하는데, 앤디 워홀은 팝 아트를 대표하는 미술가예요.

① 이름　② 한 일　③ 생김새
④ 좋아하는 것　⑤ 가족 관계

유형 2 소개할 때 알맞은 표현 찾기

주변 인물을 소개할 때 소개할 내용을 이해하기 쉽게 자세히 썼는지 확인합니다.

2 국어 **㉠~㉤ 중 인물을 소개하는 표현으로 알맞지 않은 것의 기호를 쓰세요. (　　　)**

㉠내 짝꿍의 이름은 김소영입니다. ㉡동그랗고 빨간색의 안경을 쓰고 있어서 별명이 부엉이입니다. 부엉이처럼 눈이 커 보이기 때문입니다. 소영이가 잘하는 것은 그림 그리기입니다. 미술 시간에 커다란 나무를 그렸는데 정말 멋있었습니다. ㉢소영이는 6살 때부터 미술 학원에 다니며 미술을 배웠다고 했습니다.

㉣소영이가 싫어하는 것은 고양이입니다. 고양이가 나타나면 무서워서 꼼짝도 하지 못합니다. ㉤강아지는 좋아하면서 고양이를 무서워하는 것이 나는…….

3 이 글에 나온 인물을 소개한 내용으로 알맞지 않은 것에 ○표 하세요.

국어

유형 3 **인물을 소개한 글의 내용 파악하기**

인물을 소개한 글을 읽고 세부 내용을 파악하는 문제입니다.

서당 옛날에 아이들이 한문을 배우던 곳.
정의감 정의를 지향하는 생각이나 마음.
의병단 나라가 외적의 침입으로 위급할 때 외적에 대항하여 싸우기 위해 백성들이 스스로 만든 군대를 말함.

김구 선생은 1876년 황해도에서 태어나 아버지의 서당에서 공부를 했어요. 어릴 때는 장난치기를 좋아하는 말썽꾸러기였지만 정의감이 남달라서 잘못된 일을 보면 그냥 지나치지 못했지요. 일본에 나라를 빼앗기고 나서는 나라를 되찾아야 한다는 마음이 강했어요. 그래서 일본에 맞서 싸우는 의병단에 들어갔어요. 청년 시절 김구 선생은 몸집도 크고, 힘도 세서 일본군을 많이 혼내 주었지요. 그러다가 일본 경찰에 잡혀 감옥에 가기도 했어요. 하지만 독립운동을 멈추지 않았어요. 김구 선생은 첫 번째 소원, 두 번째 소원, 세 번째 소원까지도 대한민국의 독립이라고 말했어요. 김구 선생의 독립에 대한 마음은 20년 동안 쓴 일기인 『백범일지』에 잘 나타나 있어요.

(1) 김구 선생은 서당에서 재밌게 놀았을 것이다.

(2) 김구 선생은 우리나라의 독립을 위해 애쓰신 분이다.

(3) 청년 시절 김구 선생은 몸집도 크고 힘도 센 편이었다.

(4) 김구 선생은 정의감과 나라를 사랑하는 마음이 강했던 사람이다.

●**글의 종류** 소개하는 글(전기문)

●**글의 특징** 이 글은 최초로 대서양을 횡단한 여성 비행사 아멜리아를 소개하는 글입니다. 아멜리아가 어떤 꿈을 가지고, 어떻게 꿈을 이뤘는지 잘 나타나 있습니다.

●**낱말 풀이**

조종사 비행기를 조종하는 사람.

비행 공중으로 날아가거나 날아다님.

대서양 유럽·아프리카 대륙과 남·북아메리카 대륙을 분리하는 대양. 오대양 가운데 하나.

기회 어떤 일을 하는 데 알맞은 때.

지문 ★★☆

낱말 ★★☆

아멜리아는 1897년 미국에서 태어났습니다. 아멜리아는 어린 시절부터 하늘을 나는 상상을 자주 했습니다. 비행기를 보면 가슴이 [㉠] 뛰었습니다. 아멜리아는 비행기를 타고 꼭 하늘을 [㉡] 날고 싶었습니다.

1920년, 아멜리아는 처음으로 비행기를 타게 되었습니다. 비행기에 매력을 느낀 그녀는 바로 비행기 **조종사**가 되기로 결심하고 **비행** 학교에 들어갔습니다. 여자라는 이유로 여러 어려움이 있었지만 1921년, 드디어 혼자 힘으로 비행기를 몰았습니다. 그녀의 비행은 수많은 여성들에게 희망과 용기를 주었습니다.

이후에도 아멜리아의 도전은 계속되었습니다. 1932년 아멜리아는 직접 비행기를 몰고 아메리카 대륙을 떠나 무려 14시간 56분을 쉬지 않고 날아서 유럽에 도착했습니다. 여성 비행사 중 최초로 **대서양**을 건넌 것입니다. 아멜리아의 도전은 여성도 남성과 똑같이 무엇이든 할 수 있다는 것을 보여 주었습니다. 그리고 여성에게도 남성과 똑같은 **기회**가 주어져야 한다는 것을 세상에 알렸습니다.

붙임 딱지 붙여요.

1 이해

다음 중 소개한 내용으로 알맞지 <u>않은</u> 것은 무엇입니까? (　　　)

① 아멜리아는 여성이다.
② 아멜리아는 미국에서 태어났다.
③ 아멜리아는 최초로 비행기를 만들었다.
④ 아멜리아는 최초로 대서양을 건넌 여성 비행사이다.
⑤ 아멜리아는 어린 시절부터 하늘을 날고 싶어 하였다.

2 어휘

더 실감나게 표현하기 위해 ㉠과 ㉡에 들어갈 말을 보기에서 골라 각각 쓰세요.

보기

두근두근　　풍덩　　훨훨　　미끌미끌　　털썩

(1) ㉠: (　　　　　　　　)　　(2) ㉡: (　　　　　　　　)

3 추론

이 글에서 알 수 있는 아멜리아의 성격에 ○표 하세요.

(1) 성급한 성격 (　　　)
(2) 도전하는 성격 (　　　)
(3) 자기 자랑을 잘하는 성격 (　　　)

4 비판

이 글을 읽고 생각하거나 느낀 점으로 알맞지 <u>않은</u> 것에 ○표 하세요.

4주

20 광고에 대한 자신의 생각 정리하기

★ 이 광고에서 알리려는 내용을 보기 에서 찾아 말풍선에 쓰세요.

> **보기**
>
> 책을 읽자. 물을 아껴 쓰자. 전기를 아껴 쓰자. 자동차 사용을 줄이자.

주제 탐구

광고는 무언가를 사람들에게 널리 알리기 위해 만든 것입니다. 광고는 우리가 어떤 행동을 하도록 설득합니다. 따라서 광고를 볼 때에는 광고의 내용을 따져 보고 자신의 생각을 정리할 수 있어야 합니다.

유형 1 광고의 내용 이해하기

광고의 내용을 잘 이해하려면 광고에 쓰인 글과 그림을 잘 살펴봅니다.

1 이 광고의 내용으로 알맞지 않은 것은 무엇입니까? (　　　)

국어

① 어린이 미술 대회는 일요일에 열린다.
② 어린이 미술 대회는 오전 10시에 열린다.
③ 어린이 미술 대회가 햇빛 공원에서 열린다.
④ 어린이는 누구나 미술 대회에 참가할 수 있다.
⑤ 어린이 미술 대회에서 최우수상은 1명을 뽑는다.

유형 2 광고에서 알려 주는 문제점 찾기

제시된 광고에 나타난 문제점을 파악할 수 있는지 확인하는 문제입니다.

2 이 광고에서 알 수 있는 문제로 알맞은 것에 ○표 하세요.

바슬즐

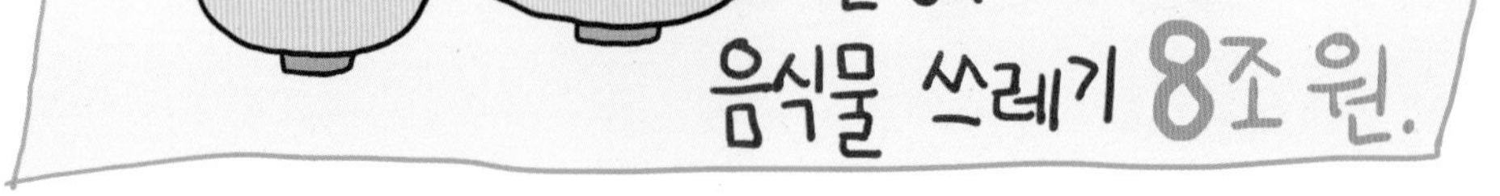

(1) 음식을 남기는 문제 (　　　)
(2) 아침밥을 챙겨 먹지 않는 문제 (　　　)
(3) 음식을 골고루 먹지 않는 문제 (　　　)

3 이 광고를 보고 자신의 생각을 가장 알맞게 적은 친구에 ○표 하세요.

바슬즐

유형 3 광고에 대한 자신의 생각 정리하기

광고를 본 후에 광고에 대한 자신의 생각을 정리할 수 있는지 확인하는 문제입니다.

(1) 사람들에게 자전거를 타면 더 건강해진다고 알려야겠어.

(2) 대중교통을 이용하고 자동차 사용을 줄여서 환경을 보호해야 해.

(3) 숲을 가꾸어 환경을 보호하면 북극곰을 보호할 수 있어.

(4) 미세 먼지를 줄이면 북극곰을 살릴 수 있어.

●**글의 종류** ㈎ 광고, ㈏ 주장하는 글(논설문)

●**글의 특징** ㈎는 층간 소음을 줄이자는 내용의 광고입니다.
㈏는 ㈎의 광고를 보고 쓴 글로, 아파트에서 층간 소음이 나지 않도록 조심하자는 글쓴이의 주장과 그 까닭이 잘 나타나 있습니다.

●**중심 내용**
㈏ **1문단** 아파트에서 층간 소음이 나지 않도록 서로 조심해야 함.
2문단 층간 소음은 이웃에 피해를 주고, 다툼이 날 수도 있기 때문에 줄이도록 함께 노력해야 함.

●**낱말 풀이**
층간 소음 아파트와 같은 공동 주택에서 아랫집에 들리는 윗집의 생활 소음.
방해 남의 일을 간섭하고 막아 해를 끼침.
간혹 어쩌다가 한 번씩.

지문 ★★☆

낱말 ★★☆

㈎

㈏ 광고에서처럼 요즘 우리 집에서도 윗집에서 '쿵쿵쿵' 하는 소리나 TV소리가 자주 들려요. 이런 층간 소음의 71.6퍼센트가 발걸음 소리라는 것이 놀라워요. 조용히 책을 읽고 싶은데 이런 발걸음 소리가 나면 방해가 되고, 가끔 짜증이 날 때도 있어요. 이렇게 층간 소음은 아파트에서 특히 문제가 돼요. 그래서 아파트에서는 층간 소음이 나지 않도록 서로 조심했으면 해요.

왜냐하면 아파트는 여러 사람이 같이 사는 곳인데 우리 집에서 나는 소리 때문에 이웃에 피해가 가기 때문이에요. 발걸음 소리나 시끄러운 소리 때문에 잠을 잘 못 잘 수도 있고, 일에 방해가 될 수도 있어요. 또 층간 소음 때문에 이웃 사이에 간혹 다툼이 날 수도 있기 때문이에요. 이웃을 생각하며 층간 소음을 줄이도록 함께 노력해요.

1 이해

㈎의 광고에서 말하는 문제가 무엇인지 빈칸에 알맞게 쓰세요.

• 위층에서 들려오는 □□□ 소리 문제

4주 5일 학습 끝!

붙임 딱지 붙여요.

2 이해

㈏에 나타난 글쓴이의 주장에 대한 까닭에 ○표 하세요.

⑴ 칭찬을 받을 수 있다. (　　)

⑵ 깨끗한 아파트를 만들 수 있다. (　　)

⑶ 이웃이 잠자거나 일하는 데 방해가 된다. (　　)

3 문제해결

㉮~㉱ 중 층간 소음을 줄이기 위한 해결 방법을 모두 골라 기호를 쓰세요. (　　　)

㉮ 이웃과 음식을 나눠 먹는다.
㉯ 창문을 열어 환기를 자주 한다.
㉰ 밤에는 뛰거나 시끄러운 소리를 내지 않는다.
㉱ 집 안에서 걷는 소리를 줄이는 슬리퍼를 신는다.

4 문제해결

㈏의 주장과 잘 어울리는 광고 문구는 무엇입니까? (　　　)

① 걷는 것이 몸에 좋아요.

② 누가 제일 잘 달릴까요?

③ 말을 하지 않는 게 좋아요.

④ 우리 집에는 층간 소음이 없어요.

⑤ 살살 걸으면 층간 소음이 사라져요.

독해 플러스

4주

차근차근 새기며 읽기

뜻을 하나하나 새기며 자세히 읽는 것을 흔히 '정독'이라고 해요. 빨리 읽거나 대충 훑어 읽으면 많은 양의 글을 빨리 읽을 수는 있지만 나중에 머릿속에 남는 것이 별로 없어요. 그러나 글을 새기면서 자세히 읽으면 내용을 잘 기억하고 구체적으로 정리할 수 있어서 좋아요.

차근차근 새기며 읽기

글을 새기며 읽으려면 낱말과 문장의 뜻을 하나하나 생각하며 읽어야 해요. 만약 모르는 부분이 있으면 다시 읽어 봐요. 그리고 중요한 부분에 밑줄을 긋거나 메모를 해요. 특히 새기며 읽을 때에는 눈으로 읽되, 소리를 내서 읽는 속도보다 천천히 읽어요. 그러면서 내용에 담긴 뜻을 차근차근 새기며 읽어야 해요. 이렇게 뜻을 새기며 자세히 읽으면 정리가 잘 되어 기억이 오래 간답니다.

1 '새기며 읽기'를 연습해 볼까요?

남을 무시하지 말라

가장 중요한 내용이니까 밑줄을 그어야지.

태공이 말하였다.

"자기가 잘났다고 생각하고 남을 업신여겨서는 안 되고, 자기가 크다고 생각해서 작은 사람을 무시해서는 안 되고, 용기를 믿고 적을 가볍게 대해서는 안 된다."

'업신여기다'는 '남을 깔보거나 아주 하찮게 여기다.'라는 뜻이니까, 남을 존중하라는 뜻이구나.

『명심보감』

2 이 글을 차근차근 새기며 읽어 보세요.

누구에게나 배울 점이 있다

공자가 말하였다.

"세 사람이 길을 가면 반드시 내 스승이 있게 마련이다. 착한 사람한테서는 그 선함을 배우고, 악한 사람한테서는 그를 보고 자신의 잘못을 반성할 수 있다."

『명심보감』

이번 주 나의 독해력은?		
	이번 주 학습을 모두 끝마쳤나요?	
	겪은 일을 시로 표현할 수 있나요?	
	광고를 보고 자신의 생각을 정리할 수 있나요?	

세 마리 토끼 잡는

초등 독해력

정답 및 풀이

쪽수를 잘 보고 정확한 정답과
자세한 풀이를 만나 보세요.

1주 12~13쪽 개념 톡톡

★ 세 친구는 모두 코뿔소를 보고 있습니다. 또, 친구들이 코뿔소의 무엇을 인상 깊게 보았는지 말한 내용을 잘 살펴보고 코뿔소의 각 부분에 ○표 합니다.

1주 14~15쪽 독해력 활짝

1. ④ 2. (3) ○ 3. (2) ○

1. 이 글에서 '나'가 겪은 일은 친구네 집 강아지를 친구와 함께 산책시킨 것입니다.
2. 모두 글쓴이가 겪은 일이지만 이 중에서 가장 인상적인 일은 한 아주머니께서 임신한 이모에게 자리를 양보해 주신 일입니다.
3. 글쓴이는 짝꿍이 상을 세 개나 받은 일이 인상 깊었으며 그에 대한 생각이나 느낌이 글의 마지막 부분에 잘 나타나 있습니다.

1주 16~17쪽 독해력 쑥쑥

1. ④ 2. ① 3. ⑤ 4. (2) ○

1. 글쓴이가 겪은 인상 깊은 일은 엄마와 함께 구구단을 외운 일입니다.
2. 글쓴이는 구구단을 외우면서 노래 같기도 했지만, 혼자 엄마 앞에서 외울 때에는 긴장도 되고 걱정도 되었습니다.
3. 구구단 9단에서 결과로 나온 두 숫자, 즉 십의 자리 숫자와 일의 자리 숫자를 모두 더하면 모두 9라고 엄마께서 알려 주셨습니다.
4. 글쓴이는 구구단을 외우면서 알게 된 구구단 9단의 특징이 신기하였습니다.

1주 18~19쪽 개념 톡톡

★ 주사위를 한 번 던질 때마다 도착한 가게의 이름을 쓰고, 그 가게에서 볼 수 있는 물건을 한 가지 빈칸에 씁니다.

1주 20~21쪽 독해력 활짝

1. 공기놀이 2. ㉣ 3. (다), (라), (나)

1. 글쓴이가 겪은 일 중 가장 인상 깊은 일은 글쓴이가 시골집에서 공기놀이를 한 일입니다.
2. ㉠~㉢은 모두 글쓴이가 도산서원에서 본 것이고, ㉣은 광명실에서 느낀 점입니다.
3. 글의 내용과 순서를 나타내는 말로 글의 순서를 정리해 봅니다. 라면을 끓일 때 가장 먼저 물을 맞추고, 그 다음은 라면 스프를 넣고, 물이 끓으면 마지막으로 면을 넣어야 한다고 하였습니다.

1주 22~23쪽 독해력 쑥쑥

1. 선생님 2. ③ 3. ㉣ 4. (3) ○

1. 이 글은 민지가 전학 가기 전에 다니던 학교 선생님께 쓴 편지입니다.
2. 글쓴이는 전학 온 첫날 배탈이 나서 보건실에 갔다고 했습니다.
3. ㉣에서 글쓴이는 전에 다니던 학교의 선생님과 친구들이 떠올라 슬프다고 하였습니다.
4. 이 편지에는 전학을 온 후 선생님과 친구들을 그리워하는 마음이 잘 나타나 있습니다. 이와 비슷한 경험을 찾습니다.

1주 24~25쪽 개념 톡톡

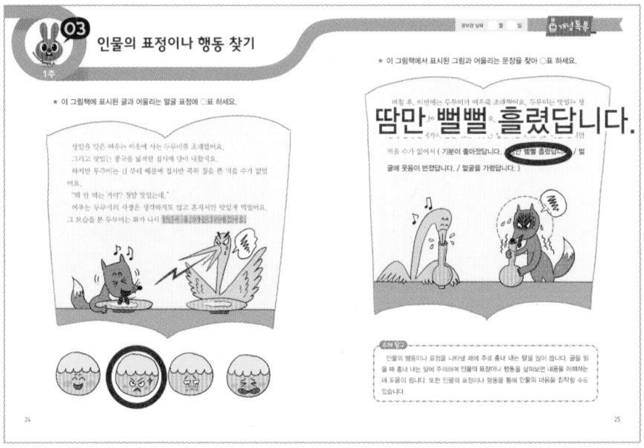

★ 먼저 그림책에 표시된 글과 그림을 잘 살펴봅니다. 두루미의 표정을 떠올려 보고 알맞은 얼굴에 ○표 합니다. 표시된 여우의 얼굴 표정과 어울리는 문장을 찾아 ○표 합니다.

1주 26~27쪽 독해력 활짝

1. ㉡ 2. ⑤ 3. (1) ② (2) ①

1. '갸우뚱갸우뚱', '생글생글', '쫄래쫄래'는 모두 행동을 흉내 내는 말입니다.
2. 배고픈 여우가 잘 익은 포도를 보고 기뻐하는 상황에 어울리는 표정을 찾습니다.
3. 김 영감이 고래고래 소리치는 행동에서 화가 나는 마음을, 젊은이가 눈 하나 깜짝하지 않는 행동에서 떳떳한 마음을 짐작할 수 있습니다.

1주 28~29쪽 독해력 쑥쑥

1. ① 2. 너울너울 3. (2) ○ 4. (3) ○ 5. ②

1. 이 글에서 '5월 초하루'에 잔치가 시작되었다고 했으므로 잔치가 벌어진 날은 5월 1일이 됩니다.
2. '너울너울'은 나비의 날갯짓처럼 한들한들 움직이는 것을 흉내 내는 말입니다.
3. '봄이 익었다.'는 표현은 진짜 완전한 봄이 되었다는 뜻입니다.
4. '기쁜 낯'은 기쁜 얼굴을 말합니다. 따라서 웃는 표정으로 표현해야 합니다.
5. 5월 초하루를 맞는 사람들은 기쁜 표정으로 꽃과 나비를 보고 있으므로, '방글방글'과 같은 흉내 내는 말이 어울립니다.

1주 30~31쪽 개념 톡톡

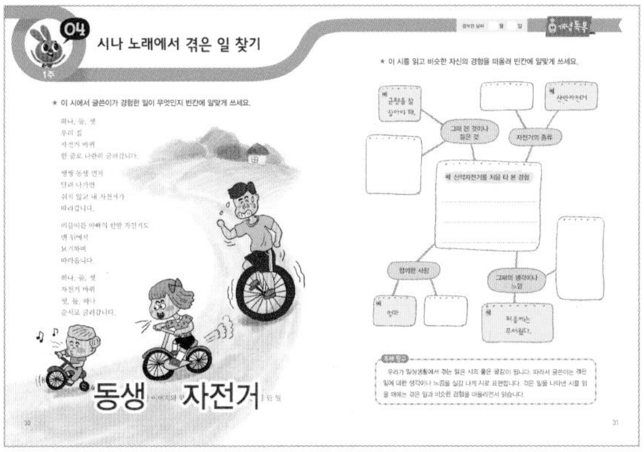

★ 주어진 시에는 '나'가 동생, 아버지와 함께 자전거를 탄 일이 나타나 있습니다. 따라서 예시를 잘 살펴보고 이와 비슷한 자전거에 대한 경험을 떠올려 빈칸에 알맞게 씁니다.

1주 32~33쪽 독해력 활짝

1. ④ 2. ㉣ 3. (2) ○

1. 이 시에는 글쓴이가 주전자에 물을 담아 병에 물을 채워 본 경험이 나타나 있습니다.
2. 이 시는 엄마 대신 동생을 돌본 일을 나타낸 시로, 엄마처럼 힘든 모습을 ㉣처럼 표현하였습니다.
3. 이 시에서 글쓴이는 그리운 친구의 이름을 쓰고 있습니다. 이와 비슷한 경험을 찾습니다.

1주 34~35쪽 독해력 쑥쑥

1. ① 2. 어디 갔어?, 옳아 3. (1) ○ 4. ⑤

1. 이 시에는 엄마가 겨울에 글쓴이와 가족을 위해 해 주셨던 일들이 잘 나타나 있습니다. ①의 내용은 나오지 않습니다.
2. 이 시를 잘 읽어 보면 '어디 갔어?'와 '옳아'가 반복됩니다.
3. ㉠에서 상상할 수 있는 그림은 아이와 엄마가 손을 꼭 잡고 잠든 모습일 것입니다.
4. 시의 내용처럼 엄마께서 자신을 정성으로 돌봐 주셨던 경험을 찾습니다.

1주 36~37쪽 개념 톡톡

★ 먼저 주어진 단계별로 소개하는 내용을 잘 살펴보고 어떤 인물일지 맞혀 봅니다. 그런 다음 맞힌 단계의 점수도 적어 봅니다.

1주 38~39쪽 독해력 활짝

1. ㉠ 2. ⑤ 3. ④

1. 방학하는 날의 날씨는 인물을 소개하는 내용이 아닙니다.
2. ㉠은 발레 연습으로 달라진 발에 대해 설명한 부분입니다. 소개하는 인물의 발 사진을 참고하여 알맞은 표현을 찾습니다.
3. 이 글은 우리 학교 체육 선생님에 대해 소개하는 글입니다. ④의 내용은 이 글에 나오지 않았습니다.

1주 40~41쪽 독해력 쑥쑥

1. ① 2. 좋아하는 것 3. (3) ○ 4. ⑤

1. 이 글은 발명왕 에디슨을 소개한 글입니다. 에디슨에 대해 소개한 내용은 ②~⑤입니다. ①의 내용은 소개하지 않았습니다.
2. 에디슨이 많은 실험을 하고, 또 실험을 멈추지 않았던 것은 좋아하는 일이었기 때문입니다.
3. 백열전구의 발명으로 세상은 어두운 밤에도 불빛으로 반짝이게 되었습니다.
4. 글을 읽고, 자신의 생각이나 느낌을 말할 때에는 글의 내용과 관련이 있어야 합니다.

2주 44~45쪽 개념 톡톡

★ 먼저 주어진 이야기를 잘 읽고, 이야기가 벌어진 장소를 나타내는 말을 찾아 ○표 합니다. 찾은 장소를 빈칸에 쓰고, 일이 일어난 차례를 생각해 봅니다.

2주 46~47쪽 독해력 활짝

1. 고래 배 속 2. (1) ② (2) ① 3. ⑤

1. 이 글은 고래가 피노키오를 삼켜 버린 상황입니다.
2. 태백산 봉우리에서 호랑이와 곰은 환웅에게 사람이 되게 해 달라고 부탁하고, 동굴에 들어가 쑥과 마늘만 먹으며 지냈습니다.
3. 이 글에서 빨간 모자가 집을 나와 숲속과 할머니 집으로 장소가 변하면서 어떤 일이 벌어지는지 차례대로 정리해 봅니다.

2주 48~49쪽 독해력 쑥쑥

1. (1) ② (2) ① (3) ③ 2. 엿장수, 군밤 장수, 대장장이 3. ③ 4. ⑤

1. 아들은 광산에서 소금을 사 달라고 말하고, 잔칫집에서는 땅을 파고, 불난 집에서는 춤을 추었습니다.
2. '소금 장수'처럼 직업을 나타내는 말에는 '~장이'나 '~ 장수'를 붙입니다.
3. 불난 집에서 해야 할 행동으로 알맞은 것은 불을 끄는 것입니다.
4. 이 글에서 소금 장수의 아들은 장소에 맞지 않는 엉뚱한 행동을 해서 소금을 팔지 못했습니다.

2주 50~51쪽 개념 톡톡

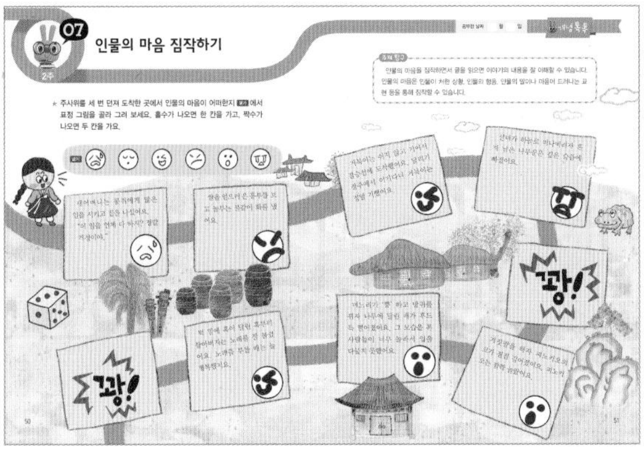

★ 주사위를 던져서 나온 곳의 글에서 인물의 마음이 어떠한지 짐작해 보고, 마음에 어울리는 **보기**의 표정 그림을 골라 그려 봅니다.

2주 52~53쪽 독해력 활짝

1. ④ 2. ㉠ 3. (3) ○

1. 염소들이 늘어놓는 대화의 내용을 잘 살펴보고 어떤 마음일지 짐작해 봅니다.
2. ㉡에는 칭찬하는 마음이, ㉢에는 쓸쓸한 마음이 잘 드러나 있습니다.
3. 알리바바가 땀을 흘리며 열심히 나무를 베어 장작을 만드는 행동에서는 지겨운 마음이 아니라 노력하는 마음 등을 짐작할 수 있습니다.

2주 54~55쪽 독해력 쑥쑥

1. ② 2. ④ 3. ㉡ 4. (1) ○

1. 이 글에서 일이 일어난 곳은 '궁전'입니다.
2. 문지기와 어부가 약속한 내용은 임금님에게 받는 상을 반으로 나눠 갖는 것입니다.
3. ㉠과 ㉣에는 인물의 말에 마음이 드러나 있고, ㉢과 ㉤에는 인물의 행동이나 표정을 통해 마음이 드러나 있습니다.
4. 문지기는 운이 없어서 벌을 받은 것이 아니라 자신의 지위를 이용해서 욕심을 채우려다가 벌을 받게 되었습니다.

2주 56~57쪽 개념 톡톡

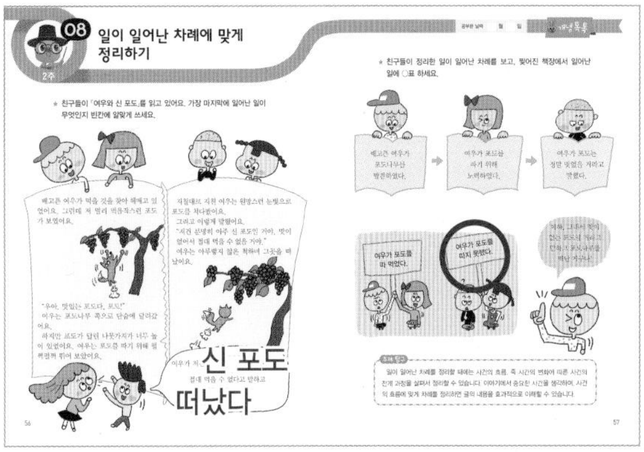

★ 제시된 글을 잘 읽고, 가장 마지막에 일어난 일을 정리해 봅니다. 그리고 찢어진 책장에서 일어난 일을 짐작해서 알맞은 문장에 ○표 합니다.

2주 58~59쪽 독해력 활짝

1. ④ 2. (1) ○ 3. ④

1. 이 글에는 선비의 집에 도둑이 든 일이 나타나 있으므로, 중심 사건은 ④가 됩니다.
2. 늑대는 아기 돼지 삼형제를 첫째, 둘째, 셋째 순서로 잡아먹으려고 하였습니다. 마지막에 일어난 일을 잘 살펴봅니다.
3. 생쥐 대왕이 힘센 존재를 찾아간 순서는 해님, 구름, 바람의 순서입니다.

2주 60~61쪽 독해력 쑥쑥

1. 바위 2. ⑤ 3. ㉰, ㉯, ㉲, ㉱, ㉮ 4. (1) ○

1. ㉠이 의미하는 일은 바위를 타고 바다에서 사람이 온 일입니다.
2. 일본 사람들은 연오를 하늘에서 보낸 사람으로 여겼습니다.
3. 연오가 바위에 오르자 바위가 움직여 일본으로 갔고, 일본에 간 연오는 일본 사람들의 부탁으로 왕이 됩니다. 연오를 기다리던 세오도 바위에 올라 일본으로 가서 연오를 만나 왕비가 됩니다.
4. 밑줄 친 ㉡의 내용을 그림으로 상상해 본다면 (1)이 알맞습니다.

2주 62~63쪽 개념 톡톡

★ 지도의 길을 따라가면서 주요 내용을 찾는 방법으로 알맞은 것을 고르고, 어떤 보물을 얻을 수 있는지 빈칸에 모두 적어 봅니다.

2주 64~65쪽 독해력 활짝

1. ③ 2. (1) 주 (2) 까 (3) 까 3. ⑤

1. 주장하는 글에서 주요 내용이란 글쓴이의 주장이므로 알맞은 것은 ③입니다.
2. 이 글은 친구 사이에 별명을 부르지 말자고 주장하면서 (2), (3)의 내용을 주장에 대한 까닭으로 제시하였습니다.
3. 이 글을 쓴 목적은 교실에서 발 냄새를 없애기 위해 노력하자고 주장하기 위해서입니다.

2주 66~67쪽 독해력 쑥쑥

1. ① 2. ⑤ 3. ㉮, ㉱ 4. (2) ○

1. 이 글의 주장이 매일 책을 읽자는 것이므로 제목으로 알맞은 것은 ①입니다.
2. ㉡은 '가시 돋친 거친 말이 싸움을 일으킨다.'는 뜻이므로 '가는 말이 고와야 오는 말이 곱다.'는 속담이 알맞습니다.
3. 글쓴이는 매일 책을 읽으면 거친 말이 줄어들고, 다른 사람을 이해하는 마음이 커진다고 하였습니다.
4. 글쓴이가 이 글을 쓴 목적은 매일 책을 읽게 하려는 것입니다.

2주 68~69쪽 개념 톡톡

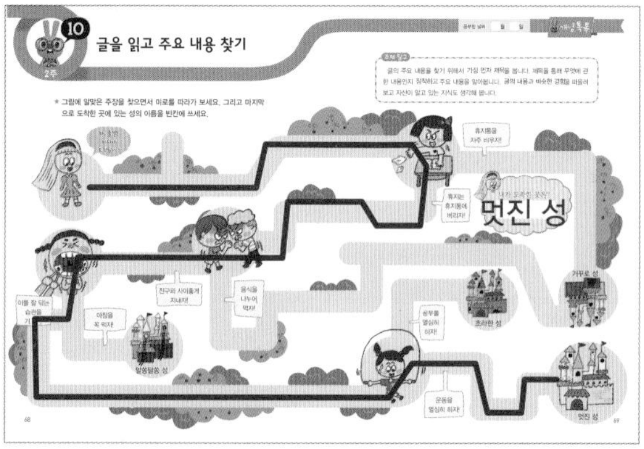

★ 우선 미로를 따라가면서 갈림길에 나온 그림의 상황을 잘 살펴봅니다. 쓰레기를 함부로 버리는 상황, 친구와 싸우는 상황, 충치가 생긴 상황, 줄넘기를 하는 상황에서 알맞은 주장을 선택하면 미로를 빠져나와 멋진 성에 도착할 수 있습니다.

2주 70~71쪽 독해력 활짝

1. ② 2. ㉢ 3. (2) ○ (3) ○ (4) ○

1. 제목을 통해 '거짓말을 하지 말자.'는 주장을 짐작할 수 있습니다.
2. 이 글에서는 위험한 장난감은 가지고 놀지 말자고 주장하고 있습니다.
3. 제시된 주장에 대한 까닭으로 쓰레기를 줄일 수 있고, 자원을 아낄 수 있다고 하였습니다.

2주 72~73쪽 독해력 쑥쑥

1. ㉯ 2. ⑤ 3. ③ 4. (1) ○

1. 제목을 통해 나눔의 좋은 점에 대한 글임을 짐작할 수 있습니다. ㉯는 적절하지 않은 내용입니다.
2. 최 부자가 유명한 것은 돈이 많아서가 아니라 가난한 사람들을 도왔기 때문이라고 하였습니다.
3. 이 글은 최 부자의 이야기를 통해 나누는 삶을 살자고 주장하고 있습니다.
4. 최 부자는 나눔을 잘 실천한 사람이므로 (1)의 내용은 알맞지 않습니다.

3주 78~79쪽 개념 톡톡

★ 우선 주어진 시를 잘 읽어 봅니다. 그리고 시를 읽고 떠올릴 수 있는 장면을 생각해 보고, 알맞은 장면에 ○표 합니다.

3주 80~81쪽 독해력 활짝

1. (1) ○ 2. (3) ○ 3. ⑤

1. 이 시에서는 숨바꼭질을 하는 토끼의 귀가 바위 뒤에서 보인다고 하였습니다.
2. 이 시를 읽으면 친구보다 키가 더 크고 싶은 시 속 인물의 마음을 떠올릴 수 있습니다.
3. 이 시는 '나'가 누나와 놀다가 방을 어지럽혀 엄마에게 혼난 경험을 담고 있습니다. 이와 같은 경험을 찾아봅니다.

3주 82~83쪽 독해력 쑥쑥

1. ②, ③, ④ 2. (1) ③ (2) ② (3) ① 3. ㉮ 4. (1) ○ (2) ○ (3) ×

1. 이 시는 등장인물을 머리 모양에 따라 종종머리, 까까중머리, 금박 댕기 머리로 나타냈습니다.
2. 시 속 인물은 텃밭에는 상추 씨앗이, 꽃밭에는 꽃모종이, 울타리에는 호박순이 있어서 숨으면 안 된다고 하였습니다.
3. 이 시에는 아이들이 숨바꼭질을 하며 노는 모습이 잘 나타나 있습니다.
4. (1)과 (2)는 시에 대한 생각이나 느낌으로 떠올릴 수 있는 내용이나 (3)은 적절하지 않습니다.

3주 84~85쪽 개념 톡톡

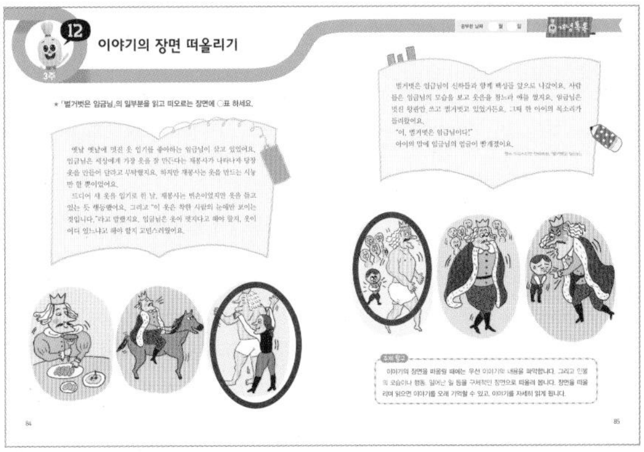

★ 제시된 동화를 잘 읽어 봅니다. 각각의 내용을 읽고 떠오르는 장면으로 알맞은 것에 ○표 합니다.

3주 86~87쪽 독해력 활짝

1. 금고 열쇠, 아버지 2. (2) ○ 3. (3) ○

1. 아들이 노인에게 보석을 팔 수 없었던 까닭은 금고 열쇠를 베고 낮잠을 주무시는 아버지를 깨울 수 없었기 때문입니다.
2. 왕개구리는 몸이 크게 보이도록 배를 힘껏 부풀렸으므로 (2)의 그림이 알맞습니다.
3. ㉠은 남편이 도깨비감투를 쓰자 아내가 남편이 안 보여서 찾고 있는 상황입니다. 알맞은 장면은 (3)입니다.

3주 88~89쪽 독해력 쑥쑥

1. (1) ② (2) ① 2. (1) ○ 3. 견디었습니다. 4. ①

1. 북풍은 눈보라와 함께 매서운 바람을 몰고 왔고, 남풍은 사나운 태풍을 몰고 왔습니다.
2. ㉠은 북풍이 느티나무를 괴롭히며 하는 말이므로, 떠올릴 수 있는 장면은 (1)입니다.
3. '버티다'는 '어려운 일이나 외부의 압력을 참고 견디다.'라는 뜻입니다. 따라서 '버티었습니다.'와 비슷한 말은 '견디었습니다.'입니다.
4. 글을 읽고 자신의 생각을 말할 때에는 글의 내용이나 인물과 관련된 내용이어야 합니다. ①은 글 내용이나 인물과 전혀 상관이 없는 말입니다.

3주 90~91쪽 개념 톡톡

★ 먼저 설명하는 글을 쓰는 방법을 잘 읽어 보고, 둘 중 알맞은 낱말에 ○표 합니다. 그다음으로 수박을 설명하는 글에 들어갈 수박의 특징으로 알맞은 것에 ○표 합니다.

3주 92~93쪽 독해력 활짝

1. 시장 2. ② 3. (1) ○ (4) ○

1. 제목이나 글에 자주 나오는 낱말을 통해 설명하는 것을 짐작할 수 있습니다.
2. 파리지옥은 파리뿐만 아니라 거미나 달팽이도 잡아먹는다고 하였습니다.
3. 이 글은 우리나라 전통 악기인 가야금과 거문고에 대해 설명한 글입니다. 가야금과 거문고는 모두 현악기이고, 둘 다 명주실을 꼬아 만든 줄로 되어 있습니다.

3주 94~95쪽 독해력 쑥쑥

1. 경복궁 2. ⑤ 3. (1) ③ (2) ② (3) ① 4. ①

1. 이 글은 경복궁에 대해 설명하고 있습니다.
2. 경복궁 안에 있는 건물은 근정전, 강녕전, 교태전, 동궁전입니다.
3. 근정전은 나라의 중요한 행사가 열리는 곳입니다. 강녕전은 왕이 잠을 자는 침실이고, 교태전은 왕비가 지내는 곳입니다.
4. 경복궁과 같은 궁궐은 왕과 왕비는 물론 왕실 가족을 위한 공간이었습니다.

3주 96~97쪽 개념 톡톡

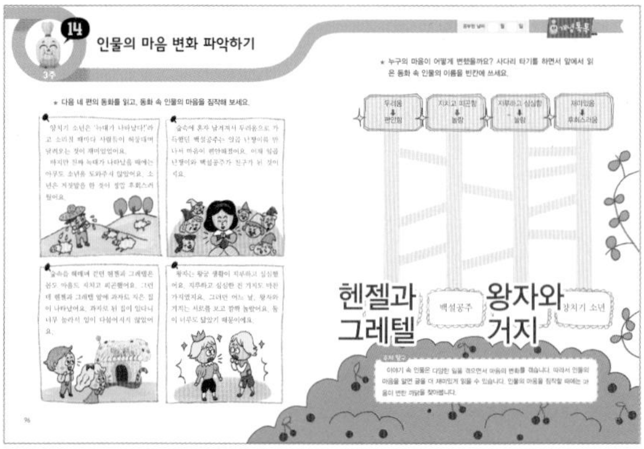

★ 제시된 네 편의 동화를 읽으면서 등장인물의 마음을 짐작해 보고, 누구의 마음 변화인지 동화 속 인물의 이름을 빈칸에 씁니다.

3주 98~99쪽 독해력 활짝

1. ⑤ 2. (2) ○ 3. ⑤

1. 이 글의 내용으로 보아, 형은 동생보다 좋은 것을 얻기 위해 초가집 마을로 가겠다고 말했습니다.
2. 처음에 사또는 자신만만했지만, 시간이 지나면서 무섭고 두려워서 온몸이 떨렸습니다.
3. 아버지에게 소의 모습을 바꾸는 기술이 있다는 아이의 재치 있는 말 때문에 도둑의 마음이 변하였습니다.

3주 100~101쪽 독해력 쑥쑥

1. 사자, 여우, 멧돼지 2. ㉯ 3. ④ 4. (2) ○

1. 이 글은 여우가 사자를 찾아가 거짓으로 멧돼지를 헐뜯으면서 일어난 이야기입니다.

2~3. 멧돼지는 평소 여우와 친한 사이였지만 여우가 사자를 찾아가 자기를 헐뜯은 것을 알고 미워하게 되었습니다.

4. 이 글은 여우처럼 뒤에서 남을 헐뜯는 말을 함부로 해서는 안 된다는 교훈을 담고 있습니다. (2)의 내용은 적절하지 않습니다.

3주 102~103쪽 개념 톡톡

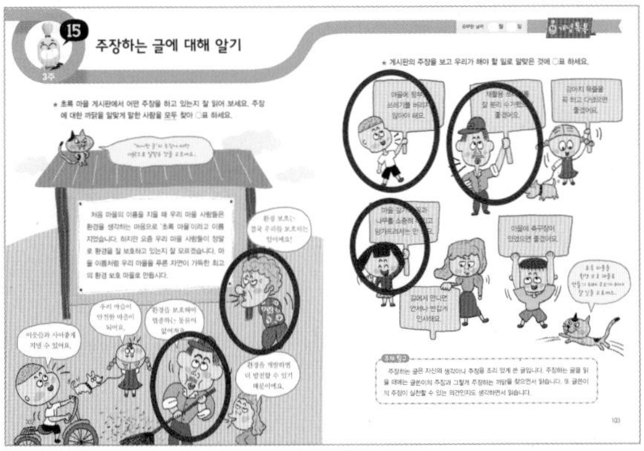

★ 초록 마을 게시판의 주장은 마을을 최고의 환경 보호 마을로 만드는 것이므로 그 까닭을 알맞게 말한 사람에 ○표 합니다. 그리고 이 주장을 실천하기 위해 우리가 해야 할 일을 알맞게 적은 팻말에 ○표 합니다.

3주 104~105쪽 독해력 활짝

1. ㉤ 2. ② 3. (1) ○

1. 이 글의 마지막 부분에 장애인을 먼저 배려하여 시설을 만들자는 주장이 나옵니다.
2. 이 글은 자전거 타는 법을 배우자는 주장에 대한 까닭으로 자전거를 타면 좋은 점을 제시하고 있습니다.
3. 글쓴이의 주장과 그 까닭이 알맞은지 살펴보고 글쓴이의 주장을 평가합니다.

3주 106~107쪽 독해력 쑥쑥

1. ② 2. ㉯ 3. ④, ⑤ 4. (1) ○

1. 글의 처음 부분에서 낙서 때문에 생기는 문제들이 제시되고 있습니다.
2. 이 글의 주장은 '낙서를 하지 말자.'입니다.
3. 글쓴이의 주장에 대한 까닭은 우선 낙서가 보기에 안 좋고 지우는 데 시간과 비용이 든다는 것과 낙서를 하는 곳이 개인이나 공공의 재산이면 다른 사람에게 피해를 주게 된다는 것입니다.
4. (1)의 생각은 글쓴이의 주장과 반대되는 의견입니다.

4주 112~113쪽 개념 톡톡

★ 도끼를 연못에 빠뜨린 나무꾼의 상황과 비슷한 경험이 나타난 그림을 선으로 잇습니다. 또 공부를 열심히 하자고 결심하는 마음과 비슷한 인물의 마음이 나타난 그림을 선으로 잇습니다.

4주 114~115쪽 독해력 활짝

1. (3) ○ 2. ③ 3. (2) ○ (4) ○

1. 소녀가 어머니의 병을 고치는 데 필요한 잉어를 개가 구해 주었습니다.
2. 심 봉사의 말과 행동에서 심청이를 걱정하는 마음을 알 수 있습니다.
3. 구두장이 할아버지와 할머니는 구두 요정의 도움에 고마운 마음이 들었습니다. 이와 비슷한 경험은 (2)와 (4)입니다.

4주 116~117쪽 독해력 쑥쑥

1. 평안도 2. ㉰ 3. ⑤ 4. (3) ○

1. 평안도에서 온 허풍선이가 백두산 같은 산을 세네 개씩 꿰어 산적 굽듯 굽는 큰 화로를 자랑하였습니다.
2. 이 글에서 허풍선이 세 사람은 모두 과장된 거짓말을 하고 있습니다.
3. ㉠에는 지기 싫어서 고민하는 마음이 잘 나타납니다.
4. ㉡의 허풍선이처럼 거짓말을 하고 후회했던 경험을 찾아봅니다.

4주 118~119쪽 개념 톡톡

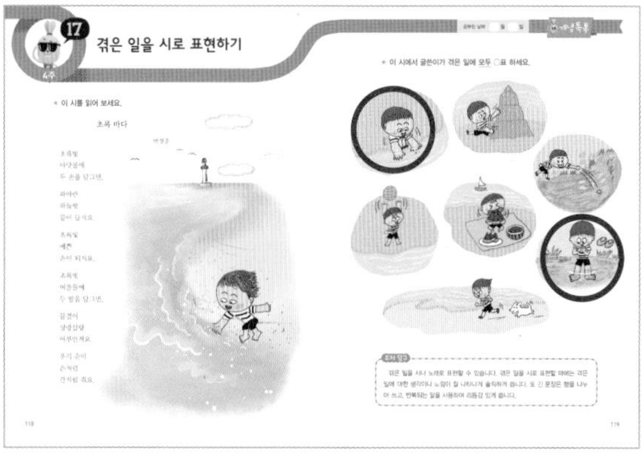

★ 제시된 시를 잘 읽어 봅니다. 글쓴이는 바닷물에 두 손을 담그기도 하고, 여울물에 두 발을 담그기도 하였습니다. 글쓴이가 겪은 일을 생각하며 알맞은 그림에 ○표 합니다.

4주 120~121쪽 독해력 활짝

1. 오빠, 밤 2. (3) ○ 3. (1) ○

1. 이 시에서 '나'가 겪은 일은 오빠, 동생과 밤을 나눠 가진 것입니다.
2. 겪은 일을 시로 표현하는 문제입니다. ㉠의 내용에 알맞게 행을 나누고 실감나는 표현이나 반복되는 말을 사용하여 바꾼 것을 찾습니다. (1)과 (2)는 모두 시로 표현하였으나 ㉠의 내용과 거리가 멉니다.
3. 이 시는 심부름을 가면서 아이스크림이 너무 사 먹고 싶었던 일을 솔직하게 쓴 시입니다. 시는 긴 문장을 행으로 나누어 써서 리듬감이 잘 느껴집니다.

4주 122~123쪽 독해력 쑥쑥

1. ④ 2. (1) 밤 (2) 잔디밭 3. ③ 4. 귀뚤귀뚤

1. 이 시의 글쓴이는 밤에 귀뚜라미를 보며 생각에 잠겨 있습니다.
2. 이 시에 나타난 시간은 밤이고, 장소는 잔디밭입니다.
3. ㉠과 뜻이 비슷한말은 '비밀'입니다.
4. 귀뚜라미 소리가 반복되는 모습을 표현했다는 내용으로 보아 '귀뚤귀뚤'이 알맞습니다.

4주 124~125쪽 개념 톡톡

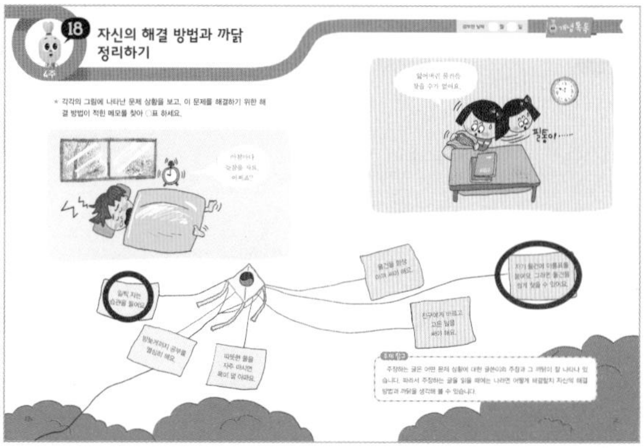

★ 먼저 각 문제 상황과 해결 방법을 생각해 봅니다. 늦잠을 자지 않기 위한 해결 방법과 잃어버린 물건을 잘 찾기 위한 해결 방법이 적힌 메모에 ○표 합니다.

4주 126~127쪽 독해력 활짝

1. ④ 2. (1) ㉢ (2) ㉠, ㉡ 3. (3) ○ (4) ○

1. 글쓴이가 하고 싶은 말은 일기 검사를 하지 않았으면 좋겠다는 것입니다.
2. 이 글에서 글쓴이는 친구끼리 장난감을 바꿔서 놀자고 주장합니다. 그 까닭은 여러 가지 장난감을 가지고 놀 수 있어서 좋고, 부모님들도 돈을 아낄 수 있다는 것입니다.
3. 제시된 문제 상황에 대한 해결 방법으로 욕을 하면 교실 청소를 시키거나 칭찬 스티커를 못 받게 하는 것이 적절합니다.

4주 128~129쪽 독해력 쑥쑥

1. ② 2. 그래서 3. ②, ③ 4. (2) ○

1. 글의 주장이 글의 제목이 되는 경우가 많습니다. 이 글의 주장은 급식을 골고루 먹자입니다.
2. 이어 주는 말은 앞 문장과 뒤 문장을 연결해 주는 말입니다. 앞의 내용으로 보아 '그래서'가 알맞습니다.
3. 글쓴이는 음식물 쓰레기를 줄이고, 우리의 건강을 위해서 급식을 골고루 먹자고 주장하였습니다.
4. 급식을 골고루 먹게 하는 방법으로 알맞은 것은 (2)입니다.

4주 130~131쪽 개념 톡톡

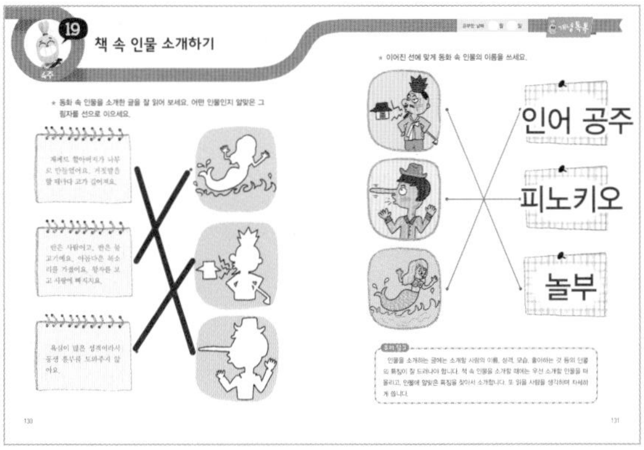

★ 주어진 인물을 소개한 글을 잘 읽어 보고, 인물의 그림자와 선으로 잇습니다. 그리고 그림에 알맞은 각 인물의 이름을 씁니다.

4주 132~133쪽 독해력 활짝

1. ⑤ 2. ⓜ 3. (1) ○

1. 이 글은 앤디 워홀을 소개한 글로 가족 관계에 대한 내용은 나오지 않습니다.
2. 인물을 소개할 때에는 소개할 내용을 이해하기 쉽고 자세히 써야 합니다. ⓜ은 무슨 뜻인지 정확히 알 수 없습니다.
3. 김구 선생을 소개한 내용으로 알맞지 않은 것은 (1)입니다.

4주 134~135쪽 독해력 쑥쑥

1. ③ 2. (1) 두근두근 (2) 훨훨 3. (2) ○ 4. (3) ○

1. ③의 내용은 이 글에 나오지 않았습니다.
3. 이 글에는 아멜리아가 최초로 대서양을 횡단한 여성 비행사가 되기까지 노력하고 도전하는 모습이 잘 나타나 있습니다.
4. 이 글에서 아멜리아의 도전은 여성도 남성과 똑같이 무엇이든 할 수 있다는 것을 보여 주었다고 하였습니다. 따라서 (3)은 알맞지 않습니다.

4주 136~137쪽 개념 톡톡

★ 각 광고의 글과 그림을 잘 살펴봅니다. 광고에서 알리고자 하는 것이 무엇인지 보기에서 찾아 말풍선에 알맞게 씁니다.

4주 138~139쪽 독해력 활짝

1. ① 2. (1) ○ 3. (2) ○

1. 이 광고에는 어린이 미술 대회가 일요일에 열린다는 내용은 없습니다.
2. 이 광고는 남기는 음식물로 인해 생기는 문제점을 나타낸 광고입니다.
3. 이 광고는 대중교통을 이용하고 자동차 사용을 줄이자는 광고이므로 (2)가 알맞습니다.

4주 140~141쪽 독해력 쑥쑥

1. 발걸음 2. (3) ○ 3. ㉰, ㉱ 4. ⑤

1. ㈎의 광고에서 글과 그림을 잘 살펴봅니다. 층간 소음의 71.6퍼센트가 발걸음 소리라고 하였습니다.
2. ㈏의 글쓴이는 층간 소음 때문에 이웃에 피해가 가기 때문에 층간 소음이 나지 않도록 조심하자고 주장하였습니다.
3. 층간 소음을 줄이기 위해서는 밤늦게 뛰거나 시끄러운 소리를 내지 않습니다. 또, 발걸음 소리를 줄일 수 있는 슬리퍼를 신는 등의 방법이 있습니다.
4. 층간 소음을 줄이자는 내용과 어울리는 문구를 찾아 봅니다.

축하합니다!
B2권 독해 능력자가 되었네요.
C1권에서 다시 만나요!